志賀直哉異論

諸井秀文
Moroi Hidefumi

風詠社

目次

装幀　２ＤＡＹ

志賀直哉異論

一

昭和十七年二月十七日午後九時のニュースに続いて、ラジオで志賀直哉の「シンガポール陥落」が朗読された。わたしたちは今これを彼の全集で読むことができる。一種、衝撃的な文章である。

いわゆる翼賛体制の時代に、体制が敷いたレールの上を志賀直哉までもが走ってしまったということが衝撃的なのではない。あの時代は多くの知識人が戦争に積極的に入れ込んでいる。詩人、小説家から思想家に至るまで、ほとんど根こそぎ足をすくわれている。

たとえば志賀直哉の友人であり「白樺」同人であった武者小路実篤は開戦当初、次のような感想を述べた。

大東亜戦争が始まって以来、我等は日本を見なおし、日本の現代を讃美したい気がしきりとしてくる。実にいい時代に生まれあわせたと思う。聖代というべきである。

「大東亜戦争私感」（＊1）

こんな気持のいい、美しい戦争が、嘗て地上に行われたか。

「同」

小林秀雄は開戦の日、「宣戦詔勅」を直立して聞き、次のように記した。

僕等は皆頭を垂れ、直立していた。眼頭は熱し、心は静かであった。畏多い事ながら、僕は拝聴していて、比類のない美しさを感じた。やはり僕等には、日本国民であるという自信が一番大きく強いのだ。

「三つの放送」（＊2）

戦後は無頼派の代表となる坂口安吾はこう書き記す。

僕はラジオのある床屋を探した。やがて、ニュースが有る筈である。客は僕ひとり、頬ひげをあたっていると、大詔の奉読、つづいて、東条首相の謹話があった。涙が流れた。言葉のいらない時が来た。必要ならば、僕の命も捧げねばならぬ。一兵たりとも、敵をわが国土に入れてはならぬ。

「真珠」（＊3）

大衆はもとより知識人といわれる者たちにおいても、その理念が時代から一歩でも抜け出ることがいかに困難なことであるかを証拠立てているのが彼らが残した文言である。

開戦に沸き立ってからわずか四年、日本がどんな悲惨な結末を迎えたかを知っているわたしたちから見たとき、当時の知識人たちの「理念」は社会的には全く無力なものでしかなかったように思える。

むしろ、志賀直哉の姿勢は武者小路や小林秀雄たちに比べればまだましな方である。この随想について、阿川弘之は評伝『志賀直哉』（＊4）の中で、日本放送協会から依頼されて、「どうも、はっきり断ってしまっても具合が悪いかも知れないし」と迷うような、言い訳するような様子を息子直吉に見せたと述べ、時局に非協力的な文士という風評があり、書きたくはなかったが、やむを得ずに書いたもののようだと推測している。たしかに、開戦時の多くの知識人たちの浮き足だった文章と比べれば、興奮度はずいぶん抑制されているといえる。

日米会談で遠い所を飛行機で急行した来栖大使の到着を待たず、大統領が七面鳥を喰いに田舎に出かけるという記事を読み、その無礼に業を煮やしたのはつい此間の事だ。日米戦わば一時間以内に宣戦を布告するだろうというチャーチルの威嚇的宣言に腹を立てたのもつい此間の事だった。それが僅かの間に今日の有様になった。世界で一人でも此通りを予言したものがあったろうか。人智を超えた歴史の此急展開は実に古今未曾有の事である。

米国では敗因を日本の実力を過小評価した為めだと云う。然し米国のいう日本の実力とは何を云うのだろう。彼は未だに己の経済力を頼って、厖大な軍備予算を世界に誇示し、日本をも威嚇するつもりでいるが、精神力に於て自国が如何に貧しいかを殆ど問題にしていないのは日本人からすればまことに不思議な気がする。

日本軍が精神的に、又技術的に嶄然勝れている事は、開戦以来、日本人自身すら驚いているが、日々応戦にいとまなき戦果のうちには天祐によるものも数ある事を知ると、吾々は謙譲な気持にならないではいられない。天吾れと共に在り、という信念は吾々を一層謙譲にする。

一億一心は期せずして実現した。今の日本には親英米などという思想はあり得ない。吾々は互いに謙譲な気持を持ち続け、国内よく和して、光輝ある戦果を少しでも穢すような事があってはならない。天に見はなされた不遜なる米英がよき見せしめである。

若い人々に希望の生まれた事も実に喜ばしい。吾々の気持は明るく、非常に落ち着いて来た。

謹んで英霊に額づく。

「シンガポール陥落」（＊5）

大政翼賛下の文章にしては、むしろおとなしいほどだ。文学者の戦争犯罪を問うならば、執行猶予にすらならないだろう。時局に非協力的な文士という風評も肯ける。終戦後の昭和二十一年に新日本文学会が作成した文学者の戦犯リストには、菊池寛、高村光太郎、小林秀雄、横光利一、斎藤茂吉、そして『白樺』時代からの友人である武者小路実篤ら二十五人がその名を掲載され吊し上げられたが、志賀直哉はリスト入りを免れている。

だが問題はそこにあるのではない。

この随想で、志賀直哉の世相に対する認識、人世に対する認識の底の浅さが露呈してしまった点にあるのだ。

当時、志賀直哉は六十四歳。「小説の神様」と呼ばれて久しく、「文豪」であり、三好十郎いうところの日本の「大インテリ」であった。

その志賀直哉にして、彼の眼に映るのは、急行した日本の大使をこけにして、七面鳥を食いに行ってしまったアメリカ大統領、威嚇的な宣言を発したイギリスのチャーチル、そして予想を覆してシンガポールを陥落させた日本軍である。

これは、昭和十六年、開戦直前の対日経済制裁、すなわち対日資産凍結や石油の全面禁輸措置など、いわゆるABCD包囲網によって息苦しさを感じていた日本の国民が日米開戦によって晴れ晴れとした気分になって提灯行列に繰り出した感情と少しも違ったものではなかった。国民感情をそのまま代弁しただけのものでしかなかった。

あの時代、物質主義の欧米の植民地支配に対して、精神主義の日本が立ち向かうという図式は知識人にとっても一般的であった。物質主義の欧米は退廃的で汚れており、精神主義の日本は貧しいながらも清廉な国家であるという思潮である。たとえば横光利一は『旅愁』の中で「欧米対日本」という図式を思想的に突き詰めようと試みた。だが結局日本の敗戦によってその試みは挫折する。その衝撃から立ち上げれないまま横光は死を迎えることになる。

志賀直哉も「物質主義の欧米対精神主義の日本」という当時の思潮をそのままなぞる。米国は軍事予算という物質面で日本をはるかに凌駕しているにもかかわらず、自国の精神力の貧しさに思いが至っていない。反対に日本軍の精神力と技術の高さは日本人自身すら驚くべきものだった。開戦からの勝利が天祐によるものもあると考えれば、ますます日本人は謙虚であらねばならない、と志賀は述べる。かどの取れた、こぎれいで平坦なさらりとした発言になっている。

だが、このときの志賀直哉の頭からは、既に戦争状態が長く継続している中国も、同盟関係にあったイタリアやドイツのことも抜け落ちているようにみえる。フランスもオランダも、さらにはシンガポール陥落の戦闘で倒れた日英双方の兵士たちの屍体も抜け落ちている。せいぜいのところ日本の皇軍兵士だけがその血を洗い流され、傷口が浄化されて「英霊」に祀られ、文章の末尾にとってつけたように置かれただけである。戦闘の生々しさは拭い去られ、日本精神の強靭さという抽象性のみを支柱として発言されている。

志賀直哉がラジオで発表するよりも一か月半ほど前、昭和十七年一月一日に大阪毎日新聞は元旦零時に大本営陸軍部が発表した昨年十二月八日から二十六日までの十九日間の戦果を掲載している。

敵の遺棄死体は三千、捕虜は九千の多きに上っており、この耀く大戦果確立におけるわが方の尊き犠牲は戦死七百四十三名、戦傷一千七百九十九名で皇軍将兵の忠勇義烈に感謝感激せざるを得ない。（*6）

各紙にこの陸軍部発表は掲載されたであろうから、多くの国民がこの数字を目にしたに違いない。この数字が正確なものであり、「敵」の死者に対して、「我が陸軍」の死者がその四分の一にすぎないとしても、既に日本陸軍の将兵は二千五百人あまりが戦争により死傷していたのである。志賀直哉がこれを知らなかったとは思えない。

だが、この事実は「英霊」という一語によって無化あるいは浄化される。

そもそも志賀直哉のいう「天に見放された不遜なる米英」というような発言はあの時代のステレオタイプのもので、見識としては当時の庶民と同水準である。開戦当初の戦果に歓喜した知識人と同様、ここには「知識人の見識」と言えるような理念はどこにも存在していない。

三好達治が「捷報いたる」に載せた短歌「はじしらぬ海賊の子の海賊らしんがぽうるのもくずとしてん」（＊7）と五十歩百歩のところにある。

実は志賀直哉は大正八年三十六歳のときに「断片」（＊8）という文章の中で次のように書いていた。


どうしてこう心がしずむのだろう。張りもはずみもない。—尤も昨日活動写真を見ていて、第三師団兵の出征の写真で涙が出て来た。一人々々の不安な恐怖が想い浮かんだからだ。此中にはもう死んだ人間も沢山あるのだ、そう思うと、それが現在眼の前で動いて居るだけ妙な感じが強かった。死刑を一番重い刑罰としながら、戦争での死を名誉の戦死という。義勇兵だけを出すならいいが、今の制度で、行きたくない人間を強制的に徴集し、そして死んだ時、家人に名誉と思えという。それが人間に出来る位なら、死刑は一番恐ろしい刑罰になり得ない。

大正八年の志賀直哉はこう書くことができた。行きたくもないのに兵隊にとられ、戦闘で死んだら名誉の戦死とされる徴兵制への批判である。徴兵制を死刑制度以上の残酷な制度として志賀は批判していた。

だが、昭和十七年にはこれを書いた志賀直哉はすでにいない。「一億一心は期せずして実現した」という時代の空気を呼吸している志賀直哉がいるだけである。

志賀直哉が「シンガポール陥落」を発表する約一年ほど前、昭和十五年十二月十五日発行の『大政翼賛叢書　第三輯「生活新体制の心構へ」』（＊9）で、当時「大政翼賛会国民生活指導部長」であった喜多壮一郎は次のように述べて国民に忍苦を切望している。

いま、高度国防国家を建設するためには、この産業人―鉄鋼業、なかんづく重工業・化学工業に従う人々―をうんとふやさなければ、大戦争への備えを完全にすることはできないのであります。そこで、いま当面した問題ですが、いわゆる中小商工業者転失業対策について一言いたします。

支那事変がはじまってから、統制経済の国策から気の毒にも、商売や工場経営が思うようにならぬ人々、失業したり転業をよぎなくされている人々を国が必要とする工業方面にふりかえて、大いに国防の充実をはかろうというのが産業の人工的再編成ということであります。

この産業人口の再編成は、中小商工業者の転失業問題と関連して、重大な問題となっています。（中略）

新体制は、不自由を忍ぶことだといっても、この産業人口再編成ほど、その当人にとって大きな不自由、大きな忍苦はありますまい。どうぞ、このことに関係のない国民も、くらし向きの不自由については、第一に戦場での出征兵諸君の労苦を思い、第二に再編成される中小商工業者諸君の身の上をしのべば、新体制下のどんな不自由不足でもしのべるはずであると信じて疑いません。

産業人口の意図的再編成などという国策を推し進めなければならなくなった時点で大日本帝国の滅亡は決まったと後の時代のわたしたちは考えるのだが、それでも早稲田大学で教鞭を執り、立憲民政党の衆議院議員でもあった喜多壮一郎には国防体制を整えて行くための翼賛体制が、国民（臣民）に並々ならぬ不自然な労苦を強いてゆく方策であることは十二分に承知されていた。

その喜多壮一郎に比べて志賀直哉には現実を踏まえた認識はほとんどない。「吾々の気持は明るく、非常に落ち着いてきた」と表層的に情緒を語るだけである。

「大インテリ」のはずの志賀直哉であるが、その認識は時代の表層をなでるだけで状況の深層に降り立つことができていない。

大正八年には映像に触発された、徴兵で兵隊に取られて無念にも死んでいった者たちと遺族へのシンパシーが反軍的な文章を志賀に書かせた。昭和十七年には列強による包囲網を突き破った皇軍へのシンパシーが軍に対する讃美を志賀に書かせた。

では「シンガポール陥落」における深みに欠ける抽象的な発言は、戦時強制化の特殊な事情が彼に強いたものであろうか。軍部からの圧迫がなければ、時代の「大インテリ」であり、「文豪」である志賀直哉ならばこその、深みのある発言が可能であったろうか。

実はそうではないことが、戦後発表されたいくつかの志賀の発言からうかがえる。

八月の終戦から三か月後、昭和二十年十一月二十七日付で志賀は「銅像」（＊5）という随想を書いている。これは翌年一月一日発行の『改造』復刊第一号に発表された。その中で志賀直哉はこう述べる。

吾々はナポレオンでもヒットラーでも此世に送られた大きな悪魔とし、人類にとり、決してそれ以外の者ではないと考えるのが本統だと思う。少なくも学校で歴史はそう教えるべきだ。

さらに東條英機に言及し「第二の東條英機に出られるようなことは絶対に防がねばならぬ」と語り、つぎのような言葉でしめくくる。

この予防策として、東條英機の大きな銅像、それも英雄東條英機ではなく、今、吾々が彼に感じている卑小なる東條英機を如実に表現した銅像を建てるがいいと思う。台座の浮彫には空襲、焼跡、餓死者、追剥、強盗、それに進駐軍、その他いろいろ現わすべきものがあろう。そして柵には竹槍。かくして日本国民は永久に東條英機の真実の姿を記憶すべきである。

ここで志賀直哉は冗談を言っているのではないのだ。だが、悪い冗談としか思えない発言である。とても六十三歳の「文豪」の発言とは思えない。

ここでは、ナポレオン、ヒットラー、東條英機といった戦争の最終的な敗北者ばかりが「悪魔」である。それではムッソリーニやスターリンはどうなのか。わずか三年ばかり前に志賀が「業を煮やした」り「腹を立てた」りしたルーズベルトやチャーチルは、いつ悪魔でなくなったのか。日本が「天祐」に恵まれつづけ、米英が「天に見はなされた」ままだとしたら、ルーズベルトやトルーマン、チャーチルこそが戦争の敗北者になり「大きな悪魔」と呼ばれていたであろうに。

ナポレオンもヒットラーも、もちろん「大きな悪魔」などではなく、当時の大衆の支持の上に君臨した軍人であり政治家である。東條英機もそうした生身の軍人政治家の一人にすぎない。そもそも、そんな軍人に率いられた日本軍の開戦時の戦果を「天吾れと共にあり」と喜んでいたのは志賀直哉本人ではなかったか。

だが志賀直哉はそんなことはすっかり忘れてしまったかのようである。「銅像」から一か月も経たぬ昭和二十年十二月十六日の朝日新聞に志賀は「特攻隊再教育」（＊5）なる一文を載せている。

特攻隊として、予科練習生時代から特殊な精神教育を受けて来た青年達を、そのまま復員してしまった事は、政府として、無責任極まる措置であったと思う。（中略）

私はこういう青年達の再教育、その心境を青年らしい健全なものに還す特別な教育をもう一度やる責任が政府にはあると思う。よろしく、文部省と復員省とは速にそういう学校を設け、彼等の頭を完全に切りかえる工夫をすべきだ。

冒頭部分の「青年達を、そのまま復員してしまった事は」は「青年達を、そのまま復員させてしまった事は」であろう。

ところで、現実に文部省と復員省とが「速にそういう学校を設け」たとしても、そんな学校の授業をどう成立させようというのか。ほんとうに再教育を必要とする者たちは学校に来ることはない。来るとしたら再教育など必要としない者たちがせいぜいのところである。

学校の授業で修復が可能な程度の心の傷などたいしたものではない。そもそも、学校なるものに見切りをつけて大学を中退してしまったのは志賀直哉本人ではなかったか。

なによりも、この「特攻隊再教育」のちょうど二か月前の十月十六日、のちに「灰色の月」（＊10）に書かれる事態、電車内でたまたま乗り合わせた少年が窮乏の中で飢え死にしつつあるのを目の当たりにしながら「どうする事も出来ない」という事態に志賀本人が直面していた。そのとき志賀は「暗澹たる気持のまま渋谷駅で電車を降りた。」のであった。

敗戦から終戦、さらに戦後に移りゆく敗戦国日本の現実の重さは、学校を設置して再教育すれば足りるようなものではなかった。

昭和二十年八月十五日午後東京駅正面降車口広場　　及川　均（＊11）

だまっていた。

だまって拡声機の前に立っていた。

壁がくずれていた。

赤錆びた鉄骨の間から空が陥ちていた。

莫大量の重さをせおって。

そして風呂敷包をさげておれは歩き出した。


戦争に敗れ、国家がその機能を停止したとき、庶民は「だまって」「風呂敷包」をさげて歩くしかないのである。そして、それだけが「本統」なのだ。

だが社会の木鐸のつもりの志賀の発言はまだ続く。

昭和二十一年四月一日発行『改造』に、その後有名になる「国語問題」（＊5）が掲載される。

日本の国語をフランス語にせよ、という主張である。

日本の国語が如何に不完全であり、不便であるかをここで具体的に例証する事は煩わし過ぎて私には出来ないが、四十年近い自身の文筆生活で、この事は常に痛感して来た。（中略）

そこで私は此際、日本は思い切って世界中で一番いい言語、一番美しい言語をとって、その儘、国語に採用してはどうかと考えている。それにはフランス語が最もいいのではないかと思う。（中略）

外国語に不案内な私はフランス語採用を自信を以っていう程、具体的に分っているわけではないが、フランス語を想ったのは、フランスは文化の進んだ国であり、小説を読んで見ても何か日本人と通ずるものがあると思われるし、フランスの詩には和歌俳句等の境地と共通するものがあると云われているし、文人達によって或る時、整理された言葉だともいうし、そういう意味で、フランス語が一番よさそうな気がするのである。

実際の発言にふれてみると、気恥ずかしくなるような放言である。「日本の国語が如何に不完全であり、不便であるかをここで具体的に例証する事は煩わし過ぎて私には出来ないが、四十年近い自身の文筆生活で、この事は常に痛感して来た」と本人は語るが、フランス語が母語であったなら、苦労しないで楽に作品が作れたかどうか。

実はこの発言のわずか三か月前の『改造』に「銅像」を載せた際、志賀直哉はフランスとナポレオンの関係について次のように記していた。

ナポレオンの場合もフランスはひどい目に会いながら、後では彼を自慢の種にしている。武者小路は巴里でナポレオンの旧跡は一切見なかったと云っていたが、フランスが此悪魔を国の誇りにしているのは考えても不思議な事だ。

フランス人をひどい目に合わせた「悪魔」であるナポレオンを、そのフランス人が誇りに思っていることに強い違和感を持っていた志賀直哉であるが、三か月後には日本の国語をフランス語にせよという。この三か月の間に志賀直哉の内面にフランスに関してなにか「天変地異」でも起きたのではないかと考えるしかないのだが、おそらく何事も起きてはいないのだ。フランス語が良い、と思いついたら、その考えに取り憑かれてしまっただけのことである。

それにしても、ナポレオンという「悪魔」を国の誇りにしているフランス人に不信感を持っていた志賀直哉が、三か月後には「フランスは文化の進んだ国であり」という程度の理由で、手のひらを返したように評価を百八十度変えてしまうことは、「知識人」としてお粗末としか言いようがない。「フランスが此悪魔を国の誇りにしているのは考えても不思議な事だ」などとは言っているが、言葉の綾として、こんな物言いをしただけで、実際には何も「考えて」みたことなどないのである。

なにより問題なのは、フランスを批判しておきながら、三か月後には手のひらを返して賛美するその変化のプロセスがどこにも説明されていないということである。誰にでも考えの転換はあり得る。そのこと自体に問題があるわけではない。問題は思考変換がなされたときに、その理由を示しておかなければならないということである。なぜなら、考えや作品を発表するということは、外部に読み手、読者がいることを意味するからだ。志賀直哉はフランス人を批判した。次にフランスを賞賛した。では、なぜフランスに対して考え方が逆転したのか、その理由を志賀直哉は読者に最低限伝える責務というものがある。それが知識人というものであり、知識人の「誠意」というものである。

批評家の本多秋五は「志賀直哉の小説は、ウソのない小説である」(「志賀直哉素描」＊12)といっているが、こうした場面で、自分の判断転換の理由が明示できないようなら、志賀直哉は「誠意」に欠けている。「人物にしろ、自然にしろ、小説全体を書く作者の気持に微塵ウソがないのである」(同上)という本多秋五の評価は大仰である。単に「ウソのつけない強迫神経」だけのことであるかもしれないからだ。作家にとって「ウソがない」ことは必ずしも美徳ではないのである。

本人は、自分は小説家であって、周りが勝手に「知識人」に仕立てているだけだと思っていたかもしれないが、もしそうなら、世情に対してご託を並べていないで、小説だけを書いていればよかったのだ。

自分でも知識人としての自覚があるとして、それでも思考の転換に関してその理由を述べないとしたら、理由は一つしかない。それは、一般の読者は、自分のような知識人の発言に注目し、そこから学ばなければならない、と志賀直哉が意識的にか無意識的にか思い込んでいたということである。中村光夫はこれを志賀直哉の「名士意識」と呼んだ。「この自分が興味を持つ対象、あるいは自分が書く文章には、どんなものであっても読者は興味を持ち、あるいは尊敬の念を感ずる筈であるという素朴な錯覚」（中村光夫『志賀直哉論』＊13）である。

日本語の歴史は古い。おそらく縄文初期、あるいはそれ以前から連綿と日本語は使われてきた。そして、今のところ、日本語の初源は過去の悠久に融け込んで不明である。その日本語をフランス語に変更するというのは、事故で手足に傷を負ったから、これを機会に五臓六腑も移植手術で入れ換えろと主張するようなもので、論として飛躍が過ぎる。

枢軸を組んで、日本と同様敗戦に至ったイタリアやドイツが深く反省して、それぞれの国語を英語やフランス語に換えようなどと動いた話は聞いたことがない。戦争に負けたので国語をフランス語に換えようなどという発想自体が結局は欧米に対する無意識のコンプレックスの現れでしかない。

　そもそも、仮に国語をフランス語に変換するとして、具体的にはどのような行程が考えられるのか。幼稚園や小・中学校からフランス語教育が開始されるのだろうが、子どもたちはフランス語を使い、父母や祖父母は日本語を使い、といった混在が家庭生活や社会生活にどのような混乱を引き起こすか、想像でもよいから少しは思いをめぐらせるべきなのだ。フランス人教師を多数招いて給料を与える事態がおそらく二十年も三十年も続くであろう。すべての公文書等を日本語からフランス語に切り換えなくてはならない。そうした変換全般に伴う国家予算は莫大なものになり、それが経済の足を引っぱることになるのは間違いない。志賀直哉の主張は具体性が全く吟味されない子どもの空想でしかないのである。

　国語をフランス語に変えようというこの主張は、茶化した言い方をすれば、「戦争で負けた国土にしがみついていないで、日本人はみんなハワイに移住しよう。ハワイは常夏の夢の島といわれているのだから、そこに行けばみんな幸せになれるはずだ。もっとも、わたしは行ったことはないけれど」と言っているようなものである。

　生活の地面に一度も足を置いたことのない志賀直哉には地から生えた理念は持ちようがない。目の前の移りゆく現実に対して現象的な感想で対応することしかできないため、無視されたり失笑を買ったりするようなはめに陥る。

これは志賀直哉にものごとを総体的にとらえる力が欠落していたことを物語っている。もちろん本人にもそれは自覚されていた。志賀直哉は二十七歳のとき日記にしたためている。（＊14）

一月十日　火

自分は総ての物のDetailを解するけれどWholeを解する力は至って弱い、小説家としてはLifeのDetailをかいていればい丶と自分はおもっているがホールが解からないと考えると一寸不快でもある。ケレドモ、自分にはホールは解かるものではないという考えもある。

Detailは真理であるがホールは誤ビヨ《マ》オ《マ》を多く含むと思う。

又こうも思う、今からホールが解かる、或はホールに或る概念を易く作り得るようになる事は結局自己の進歩を止まらせはしまいかと。

神は細部に宿る、という言葉もある。志賀の言い分はそれ自体として間違いとはいえないが、「ホールは解かるものではないという考えもある」と自分の苦手なものを封じ込めてしまうとき問題は微妙にそらされる。これは志賀直哉の無意識の詐術である。

手を伸ばしてもブドウに届かなかった狐が「あのブドウは酸っぱい」と云って立ち去るイソップ童話と同じで、防衛機制がこのときの志賀直哉に働いている。

ここには不得意なものを理屈をもって排除しようとする志賀直哉の無意識が存在している。たしかに、志賀直哉のいうとおり、ホール（全体）は分かるものではないかもしれない。いいかえれば「哲学」というものは完成を迎えることはないのかもしれない。だが、それなら何故に哲学は完成しえないものなのかという限界点までは追究があってしかるべきなのだ。その遥か手前で思考停止するのはただの怠惰というものである。

とはいえ、ホールに対する苦手意識の強い志賀直哉は、得意とする、というより唯一の持ち駒であるディテールの追究に向かう。

志賀直哉は晩年、「何かしら秩序だってものを考えることは得手でないしね」と河盛好蔵のインタビューでこたえている。（＊15）つまり、ホール（全体）をとらえる力の不足は生涯直らなかったのだ。たしかに、「永久に東條英機の真実の姿を記憶」するために「卑小なる東條英機を如実に表現した銅像を建てるがいい」と主張したり、国語を日本語からフランス語に変更しようと主張したりといった、ほとんど子どものような発想につき合っていると「秩序だってものを考える」能力がなかったということは事実だったように思える。

わたしたちは「すぐれた文化人としての志賀直哉」という先入観を捨てて、改めて本人に正対しなおしてみるべきだ。「秩序だってものを考えることは得手でない」ことの実態は本人の自覚を超えてほとんど致命的と思えるからだ。

ちなみに、「国語問題」に関して、志賀の弟子の一人である阿川弘之は、評伝『志賀直哉』で次のように語っている。

だからと言って、日本語をフランス語にしてしまえとの主張は、いくら先生の所説でも従う気になれなかった。逆に、先生失礼ながらあの御意見は間違ってますと、面を冒して筋の通った駁論が出来るかと言えば、その自信は無いし勇気もないから、此の件はなるべく触れぬように、選集全集の編纂に際してもずっと黙っていた。瀧井孝作、尾崎一雄、網野菊、皆同じような気持だったかと思われる。

志賀直哉は終戦後、中野重治らの新日本文学会に一時入会したが、中野重治の天皇批判、文部大臣安倍能成批判の新聞掲載の文章を読んで腹を立て「何か復しゅう心のようなものも感じられ兎に角甚だ不純な印象を受けました」と筆者の中野重治に手紙を送り、新日本文学会を退会してしまった。

弟子たちも、たとえ相手が師匠であっても、自分に納得のできない説には噛みついてしかるべきであった。それで志賀直哉と袂を分かつことになってもである。実際、師匠の志賀直哉はそのようにして新日本文学会を脱会している。その点、志賀直哉は不出来な弟子たちに囲まれていたと言えよう。

こうした志賀直哉の一連の発言に対し、三好十郎は『恐怖の季節』（＊16）で鋭い懸念を投げかけている。


自分があやぶむのは、広津の小説が広津のすぐれたエッセイやドキュメントの底をつきくずしてワヤにしかけているのと同じように、志賀の感想文は志賀のすぐれた小説の裏の浅さを自ら物語っていることになりはしまいかと思われる点だ。もしそうだとすれば、当人にとっても捨ててはおけない事であろうが、それよりも、われわれにとっても、ほとんど一大事になる。なぜならば、われわれは一人の卓抜な作家を失うと同時に、一人の大インテリらしい者が実は「こごと幸兵衛」―自身もその中で生きている同時代者全部に対して責任を負おうとしないで、ただエゴイスティックな批判だけをする批判者―であったことを知ることになる。つまり一人の大インテリを失うことになるからだ。

「大インテリ作家」

こうした種類の懸念はしばしば存在しうるものである。『討議近代詩史』（＊17）の中で、たとえば鮎川信夫はこんな発言をしている。

鮎川　たとえばそんな深い人が、ごく些細なことで、実にくだらないことを言ったりする。トンチンカンなことを言ったりね。政治でもいいし、経済でもいいし、文化、風俗なんでもいいけど、それだけの深い洞察をもってる人が、こんな簡単なことが分からねえのかっていう疑問を、まずごく常識で感じちゃうじゃない。（中略）すると、どうもその書いていることも怪しいという感じが、ぼくなんかするわけよ、ほかの周辺の証拠からさ。その深いっていうのも、ほんと言うとなんか欺されてるんじゃないかっていうね、感じがしちゃうことが多いんです。

それを受けて、大岡信も次のように発言する。

大岡　ただ非常に端的なことを言やあ、ある人が散文なら散文を書いているのをみれば、その人の詩がどのぐらい深いところまでいけるかってことは、ある程度見当つきますね。

鮎川　そりゃすごくあると思いますよ。

大岡信の発言にある「詩」を「小説」に読み替えてみればどうなるか。大岡も鮎川もここで実は身もふたもない発言をしている。だが、この発言には否定しえないリアリズムがある。そこで志賀直哉に対して湧き上がる疑念を精査すべく、次にわたしたちは志賀直哉の主要な仕事である小説について検証しなければならない。

二

志賀直哉の本業である「小説」を検討してみると、ここでわたしたちは異様な光景を目撃することになる。作品群が、主人公たちの「不快」「不愉快」な感情に占拠されてしまっているという光景である。

信太郎は折角沈んで行く、未だ其底に達しない所を急に呼び返される不愉快から腹を立てた。

「或る朝」（＊18）

男の子は厭な眼で自分を見た。顔色の悪い、頭の鉢の開いた、妙な子だと思った。自分はいやな気持がした。

「網走まで」（＊18）


鳥尾は一体が気六ヶしい男だけれど、神経衰弱になってから、それが一層甚くなった。

「鳥尾の病気」（＊18）


そして所謂体よく彼を断ったのである。彼はもう自らも醜いと思う不機嫌な表情を隠しきれなかった。

「ある一頁」（＊18）


年上の女中が入ってきて境の唐紙をはめると、切りと詫びをいって、明日は御部屋を変えましょうと云うような事を云う。それが如何にも隣に聞えよがしなのが自分に不快な気をさせた。然し隣の人に対しても自分は不愉快な感じを持たずにはいられなかった。

「濁った頭」（＊18）


或日──其日は殊に私の不機嫌な日だった。親しい友達の一人が近頃真理を恐れ始めた、とそんな事を私は独り部屋の中で考えて居た。

「大津順吉」（＊8）

十月だと云うのに烈しい北風が吹いて、其上曇って気持の悪い日だ。幸輔は朝から苛々した不機嫌で理もなく物に当り散らしたい気分だった。

「寓居」（＊8）

自分は直ぐ電車で青山に向かった。三丁目で降りて墓地へ行く途中花屋によって色花を買った。自分は未だ少し早いとは思ったが、其店の電話を借りて又母へ掛けて見ると、父はまだ自家にいると云う事だった。茲でも自分は不愉快な、そして腹立たしい気分に被われた。

「和解」（＊8）

然し彼は嘘をいっているのではなかった。そして彼は何かいえば詭弁を弄するようになるのが自分でも不愉快になった。

「山科の記憶」（＊19）

然しその云い草が日頃の妻らしくないと彼は腹を立てたのだ。妻は裏切られ、欺かれたと云う事で心が一杯なのだという事はよく分っていたが、彼はそれで我慢する気にはなれなかった。

「痴情」（＊19）

考えれば考える程総ては馬鹿さの連続で、その累計が今日であることを思うと、書くよりも不愉快が先になって、腹が立って来る。「孤野」（＊10）

謙作はお栄の話を聴きながら何となく愉快でなかった。近頃の自分の生活とは折り合わぬ調子が気持をかき乱した。「暗夜行路」（＊20）

後で思えばこれは身勝手な話で、自分で始めた悪戯の結果がそういう事になったからといって、被害者の山岡に対し怒るという法はないのだが、その時の私にはそういう反省もなく、本統に不愉快を感じたのである。「いたずら」（＊10）

「不愉快」「不快」の感情が志賀直哉の作品には溢れかえっている。「不愉快」「不快」こそが志賀文学の主調音である。

にもかかわらず、作者である志賀直哉は主人公がなぜ不快になったのか、その要因を遡る方向に筆を進めることはしない。不快になるには、不快になるだけの理由があるはずだ。だが、作者にとって重要なのは、その理由よりむしろ主人公が「不快」に陥ってしまっているという事実の方である。不快の理由よりも不快でいる事実をこそ描きたかったようにみえる。

この「不快」は、昂じると「激怒」にもなる。


「まあ登ってみい。そう高くなくてええ」

「けれども木がありますから……」

「いいや、あの釘にかけたら見える」

伍長から畳一じょうよりも少し大きい布の標的を受け取って一人が梯子を登り始めた。

―其の時私は不意に怒りだした。兵隊共は吃驚して私の顔を見ていた。

「オイ降りないか」私は可恐い顔を仰向いて、梯子の上の者にも鋭く言った。

（中略）

私は又伍長のほうを向いて、云った。

「そんなら駄目じゃないか。何しろ帰って貰おう」

なぜ私がそんなに興奮しているのか兵隊には解らなかった。私は只がみ〳〵と丁度鸚鵡がけたたましく地声をだすかのようにわめき立てたのである。小さい妹はそれに驚いて還って行って了った。

然し伍長も兵隊も皆善良な人々だった。元通りに梯子を物置の軒下に仕舞って、標的を巻いて帰って行った。

人が集まったので白はひとりはしゃいで、千代と私に交る〳〵飛びついた。私は怒ったような顔をして自分の部屋へ帰って来た。然し其時は今迄の気分が大分直っているのを感じていた。

「大津順吉」（以上傍線は諸井）

主人公に襲いかかる「不快」の感情について、柄谷行人は述べている。

ほとんどすべての作品が徹頭徹尾「主人公の気持」あるいは「気分」でつらぬかれているのである。むしろこういうべきではないだろうか、主人公の「気分」がかかれているのではなく、「気分」が主人公なのだと。

「私小説の両義性」（＊21）

漱石の『それから』における父子の対立はきわめて明確に世代・思想的対立を示しているが、『和解』にはそれがない。対立が「不快」からはじまったように、和解もまた「調和的気分」によって生じるので、ここには主人公の精神的な努力や成熟が少しもみられないのである。

われわれには彼らの対立の理由がわからないが、それなら志賀自身にはわかっていただろうか。むしろ理由もなく不快だったのではあるまいか。この不快さには論理的にはいえぬ不透明な何かがひそんでいる。

「同上」

柄谷行人のいう主人公の「不快」にまつわる「不透明な何か」とは何か。言い換えれば、なぜ主人公（すなわち、ほとんど志賀直哉自身）はわけもわからず不快な気分に襲われてしまうのか。

作品のほとんどが主人公のこの「不愉快」な「気分」で占められているのだとすれば、この「気分」の源泉を辿らなければならない。

三

本多秋五は評伝「『志賀直哉』（＊22）の中で「志賀直哉の精神状態には、高揚と沈滞、躁と鬱の周期的波動がある。大きな波長の上下のなかに、また小さな波長の上下がある。」と書いている。志賀直哉に躁鬱傾向があったと考えていたのだ。

広津和郎も「もし志賀氏があのように鋭い神経と感覚、ほとんど病的でさえある鋭い神経と感覚を持ちながら、それに相応した強い性格を欠いていたならば、氏は恐らく氏自身の神経や感覚の重荷を背負い切れずに、敏感によって意思の力を圧伏し去られたあの近代病者の一人となったであろう。」（「志賀直哉論」＊23）と志賀直哉の鋭い神経と感覚に病的なものを感じ取っている。

もちろん、志賀直哉が「近代病者の一人」にならずにすんだのは、広津和郎の言うように「それに相応した強い性格」を持っていたからではなく、彼が経済的に極めて余裕のある家族関係の中で生活できていたからである。

志賀直哉があるいは父親に完全に「勘当」されていたとしたら、貧困の中で精神を壊していただろうことは疑いようがない。

志賀直哉は青年期、「自活」することを父親から執拗に要求され続けていた。そのあたりの事情が「大津順吉」にうかがえる。

所で、私の父は私に就てこう思っている。

「偏屈で、高慢で、怒りッぽくて、泣虫で、独立の精神がなくて、怠惰者で、それにどうも社会主義のようだ。」

そして私にはよくこう云う。

「貴様は大学を出たら必ず自活して呉れ。ええ？　これは貴様を一個の紳士と見て、堅く約束して置くからナ」

私が学習院の高等科になった頃から、将来の話の出る度々に父は決してこれを云い忘れなかった。


この作品では主人公大津順吉の父親は、主人公の目からは悪役に仕立てられている節があるから、読者は自然に父親より主人公に同情心を持つよう導かれるのだが、客観的に眺めれば、父親のいうことこそもっともである。

それだけではなく、「将来の話の出る度々に」本来なら言う必要のない「自活」の念押しを息子に対してあえてしなければならないとしたら、父親は息子の実態を胸の内では相当心配しているのではないかという疑問が読み手の側に湧いてくる。うちの息子はもしかすると自活の困難な人間なのではないか、という思いを父親が心の底に抱いていたのではなかったかという疑問である。

たとえば夏目漱石の『それから』の主人公「代助」は高等遊民である。作品中、父親が代助にむかって仕事を勧める場面がある。

御前だって、そう、ぶら〳〵していて心持の好い筈はなかろう。そりゃ、下等社会の無教育のものなら格別だが、最高の教育を受けたものが、決して遊んで居て面白い理由がない。学んだものは、実地に応用して始めて趣味が出るものだからな
（中略）
それは実業が厭なら厭で好い。何も金を儲ける丈が日本の為になるとも限るまいから。金は取らんでも構わない。金の為に兎や角云うとなると、御前も心持がわるかろう。金は今迄通り己が補助して遣る。おれも、もう何時死ぬか分らないし、死にゃ金を持って行く訳にも行かないし。月々御前の生計位どうでもしてやる。だから奮発して何か為るが好い。国民の義務としてするが好い。もう三十だろう（＊24）

『それから』では三十男の代助に父親は「三十になって遊民として、のらくらしているのは、如何にも不体裁」ということで職を持つことを促す。だが、代助の父親は代助が職を持たないことに対して焦燥に駆られているわけではない。
だが、志賀直哉の「自活」に関しては、志賀直哉の父親はほとんど焦燥にかられているといってもよい。

或朝父が、

「貴様は一体そんな事をしていて将来はどうするつもりだ」と蔑むように云った。
「貴様のようなヤクザな奴が此家に生れたのは何の罰かと思う」こんな事を云った。
尚父は私の顔を見るさえ不愉快だとか、私が自家にいる為に小さい同胞の教育にも差し支えると云った。
「児を盗む話」（＊8）

ここだけ読むと、父親はなんとひどいことを云う奴だということになるが、父親がひどいことを云うにはそれなりのわけがあるのかもしれないと思い返しても、作品ではそこは不詳にされる。たとえば、引用した「児を盗む話」の続きはこうなる。

父は私が現代の弊害を一人で集めている人間のように云って、だから、私（或いは私達）が社会から擯斥されるのは当り前だと真正面から平手で顔をピシャリ〳〵撲るような調子で云った。其処で私も乱暴な事を云った。そして久しぶりで泣いた。

父親の息子に向けてのセリフはあるが、言い返す息子の具体的なセリフはない。「其処で私も乱暴な事を云った」とあるだけだ。読み手は父親の暴言があったから、それに対して主人公は言い返したのだろうとその程度に推測するだけである。ディテールに執着する志賀直哉であるが、ここでは主人公がどんな物言いで父親に反抗したかはあきらかにされていない。ほんとうならば、ここでは主人公の父親に言い返したセリフが明らかにされていなくてはならない。それがないため、読み手は主人公に寄り添って、つまり、父親側に立つことなく作品を読み続けることになるのである。

父親の感情は息子の言葉によっても左右されるのであるから、この息子の「乱暴な」言葉が具体的にはどのようなものであったかは不明であるにせよ、親子関係がますますこじれる結果になるような、おそらく父親の言い草に負けない暴言であったことだけは確かである。事実、父親と志賀直哉の関係はこじれにこじれる。

直哉は二十七歳のとき徴兵されるが、耳に疾患があることを理由にすぐに除隊となる。もと徴兵されることを「死刑の宣告を受けるのに近かいといって誇張ではない」ほど嫌っていた直哉は「入営してから九日目に退営をゆるされた」のである。「その時の喜びは嘗て経験した事のない感じだった。」祖母も天照皇大神の掛け物に御神酒を供えて喜んだが、父親は違った。「或る男、其姉の死」（＊8）によればその辺りの事情を主人公あるいは志賀直哉がどう捉えていたかが窺える。

所が父上は……父上は苦い顔をして、こう云われたそうです。

「一年行って来る方が却ってよかったのに……」

僕は非常に不愉快でした。

（中略）

父上は僕の朝寝癖がそれで直るだろう位にしか考えて居られないのです。

軍隊に一年も居れば、息子の朝寝も直るだろうくらいにしか父親は軍隊のことを考えていない、戦場に行って戦死する可能性のあることが全く念頭にないと父親の「簡単すぎる」考えに腹を立てたが、今は別なふうに考えるようになった、と続ける。

所が、今思います。父上は僕が戦争へ行って死んで了えばそれは尚よい事だと思っていらしたのだと。どうですか？　姉さんはどうお思いですか？

自分の朝寝の癖が軍隊に入れば直るくらいに父親は簡単に考えていたと自分が思ったのは実は浅はかで、ほんとうは父親は自分のことを戦争に行って死んでしまえばよいと考えていたのだと思い至るようになったというのである。

親子の関係であろうとなかろうと、仲がこじれれば、お互い同士死んでしまえばよいと思うのはありうる話で志賀直哉と父親の関係に限ったことではない。だが、通常は、ここまで関係がこじれていたら、あるいはここまでこじれる前に父親と息子の関係は断絶するだろう。つまり、当時なら息子は父親に勘当されるだろう。漱石の『それから』でも、代助の兄が父親の代理でやってきて勘当を告げる。

平生なら御父さんが呼び付けて聞き糺す所だけれども、今日は顔を見るのが厭だから、此方から行って実否を確かめて来いと云う訳で来たのだ。それで―もし本人に弁解があるなら弁解を聞くし。又弁解も何もない、平岡の云う所が一々根拠のある事実なら、―御父さんは断う云われるのだ。―もう生涯代助には逢わない。何処へ行って、何をしようと当人の勝手だ。其代り、以来子としても取り扱わない。又親とも思って呉れるな。

『それから』では、この直後、炎天下に代助は職探しに出掛ける。代助に対する実家からの経済的支援が今後一切なくなるからだ。そして、そこで作品は終わる。

志賀直哉の場合は、そうはならない。「或る男、其姉の死」にその辺りの事情が描かれている。この作品の中で志賀直哉は「兄」としての役割で登場する。

最初兄が何かにつけ苛々と無闇に父へ突掛って行った、その気持は確に父に愛情を求めて得られない、其何かしら、やりきれない気分がそんな変な現れ方をしたに違いなかったのです。其頃の兄はよく泣きました。泣きながら乱暴な事を云います。父の方も度重なるに従って兄との交渉を避けるようになりました。話が或所まで来ると父は「これから先を云えば喧嘩になるばかりだ。俺は何も云わん」こう云って不愉快で堪らないと云う顔をします。こういう時、兄の方は又変に執拗くなるのです。

「もう、あっちへ行け。あっちへ行け」父は犬でも追うように云います。兄は起ちません。すると、父は自分から起って庭へ出て行きます。兄は尚それへついて行くことさえあります。父はとうとう外出して了います。

こう云う時兄は直ぐ自分の部屋へ入って暫く泣くのがきまりでした。


この「兄」の行動は年齢にふさわしくない行動である。たとえば子どもだったら、あるいは中学生くらいだったら、息子と父親の関係としてこんな事態も考えられなくはないが、この「兄」は既に二十代も後半なのである。駄々っ子というには薹が立ちすぎている。

そして、こうした「兄」の振る舞いの原因を「妹」は父親の愛情不足だと考えている。つまり志賀直哉自身が、無闇に父親に突っ掛かってしまう理由を父親の自分に対する愛情不足だと考えていたということである。

「妹」は次のように話を続ける。

　若し兄が仕舞に漸く或る程度に達し得た、それだけの冷淡さを其頃から持つ事が出来たら、二人の関係は多分ああまではならずに済んだだろうと思われます。冷淡といわずとも兄があれ程に父からの愛をさもしくも求めなかったら未だよかったのです。しかも、そういう自身の態度が、愛を求める気持の変態的な現れだと云う事は兄には意識出来なかったのです。まして、父がそれをそう解して、それに応ずる態度をとれなかったのは当然な事でした。只無闇に楯突いて来る、何かしら気違じみた不遜な若者を父がどうする事も出来なかったのは実際無理ならぬ事と思います。

　この作品「或る男、其姉の死」は大正九年、志賀直哉三十七歳の作である。父親との実際の和解はすでに三年も前の大正六年九月には成立していた。有名な「和解」はその直後に半月間で書かれ、雑誌「黒潮」十月号に発表された。志賀直哉三十四歳の作品である。

「或る男、其姉の死」では「妹」の視線を通すことで、自分と父親の関係を客観的に見つめようと試みている。父親と自分の不仲がとりあえずは過去のものとなったので、以前よりは事態を冷静に振り返ることができると考えたからであろう。

そして、三十七歳の志賀直哉が本人なりに客観的にとらえた事態の本質が「妹」の視線で語られたわけである。


兄が本統に家を出て了った、その二年程前の事でした。兄は自分の短編小説を集めて、自費出版をしようとした事がありました。兄は父から五百円だけその為に出して貰う事にしました。それを父が承知した事を兄も祖母も大変喜んで居ました。然し一方兄はなるべくなら父の世話にならずに本屋だけからそれを出したい気がありました。それにもう少しいい物が書けてから一冊にしたいと云う気もありました。それで何と云う事なし、半年程其儘で延び〳〵になって居ました。然し矢張り、今度は本屋と一緒になって出す事にした時、兄は改めて又其事を父に頼みに行きました。丁度父が庭で盆栽の手入れをして居る時で、私もそれを手伝って居る時でした。

「此前、もうよしたと云って居たじゃあないか」と父は直ぐ持前の嶮しい眼つきをして云いました。

「よし切りによしたのではありません。一ト先中止した意味だったのです。今度は本屋も少し金を出す筈で、それと一緒にして出すつもりです」

「全体貴様は小説なぞを書いて居て将来どうする心算だ」

兄はむっとして黙って了いました。

「第一小説家なんて、どんな者になるんだ」と父は軽蔑を示した調子で続けました。

「馬琴でも小説家です。然しあんなのは極く下らない小説家です。もっと本統の小説家になるのです」

兄は亢奮から早口で云いました。此場合突然馬琴が出て来たのは父が馬琴好きで、よく八犬伝その他を読んでいる事を知って居たからです。

「空な事を……」と父は苦笑しました。

二人は少時黙って居ました。すると不意に、

「どうだ。貴様はこれから自活をして見ては……」と父が云い出しました。

兄は一寸胸を叩かれたように、父の顔を見て居ましたが、直ぐ、

「それなら自活しましょう」と答えました。実際自活という事は兄にとって急所だったのです。

二三問答の末、

「貴様は一時の感情で、直ぐ然う云う事を云う……」云い出した父の方が却ってこんな事を云いました。

それ程に兄に自活の能力のない事は父にも明かだったのです。

「一時の感情ではありません」

「そうか。そうでなければいいが……本統にやって見るか」

「ええ」

「それなら、よかろう。金は前に約束したから五百円だけはやる」こう父は云いました。


「それ程に兄に自活の能力のない事は父にも明かだったのです」と書いているのは作者である志賀直哉であるから、志賀直哉自身が「自活する能力のない事」を自覚していたことは明瞭である。だが、志賀直哉に自身の状態が透徹して見えていたわけではない。自分の自活能力のなさを自覚はしていても、それがどこからやってきたものなのか、どうすれば克服できるのかは不明であり、第一そのことに関心が向いていない。作品では、主人公が家を出て行ったその夜の様子が描かれている。

其晩おそく父が帰って来て、母からそれを聞くと、急に淋しい顔をして
「ああ、とうとう出て行ったか」「どうしよう？ どうしよう？」と繰返して母に云って居ました。

志賀作品に登場する「父親」は頑迷、冷徹に描かれている。だから、主人公の「自活」に臨んでうろたえる姿に読み手は違和感を感じざるを得ない。いまさら「どうしよう？ どうしよう？」などとうろたえることなどありそうもないような父親だからである。

だが、これが事実だとしたら、というのは、志賀直哉が自身の家出の直後の状況をあとで家族から聞いた様子をそのまま書き綴ったとしたら、ということだが、もしそうだとしたら父親は息子の「自活」能力の無さを本気で心配していたことになる。つまり、父親は息子が自活が出来るような人間ではないのではないかと心の底から心配していたことになる。

事実、家出後も志賀直哉は経済的には実家の庇護下にあった。父親は息子を勘当していないのである。

だが、肝心の息子である志賀直哉はそこまで思い至ってはいない。海のものとも山のものともつかぬ「文学」などという虚業を志す息子の行く末を父親は心配しているのだと考える。志賀直哉本人の状況認識は存外暢気なのだ。

妹の語りは次のように続く。


これを見た時、私は此軟らかい気持の父に対して、心から愛情を感じました。そして兄のかたくなに対し突然腹立たしさの湧いてくるのを感じました。

父親は「軟らかい気持」を自分に直接向けてくれたことがなかったから、自分は愛情不足を感じとり、父親に対して反抗的になっていたのだとここで志賀直哉は考えている。そして、自分の反抗に対して、父親は嫌悪を募らせたため、相互に不和の感情が相乗されていったととらえるのである。

だが、父親がことあるごとに息子に自活を促し続けたのは、親子関係のもつれによる父親の「いじわる」や「悪意」ではあるまい。たしかに、息子は「自活」することに全く自信を持てないでいる。そのことに自覚はある。だが、その自覚は、「自活」は自分の苦手とする側面であるといった程度のものでしかない。ところが、父親は志賀直哉よりさらに一段深い層のところで息子の「自活」能力の無さを心配している。これが息子である志賀直哉本人には見えていない。

兄はその宿屋に一ト月半程居ました。然し仕事は出来ないようでした。一寸した動揺でも兄は気分の方で割にこたえる方でした。

「或る男、其姉の死」

家出直後の主人公の様子を妹の目で語っている。一見、「気分の方で割にこたえる方」の「兄」である自分の状況を客観的に認識できているかのように語られているので、読み手はその理解が表層的なものであることに気づかない。自活が苦手で、さらに「一寸した動揺でも」「気分の方で割にこたえる方」なのは、作者である「志賀直哉」が「芸術家」気質に優れ、当然のことながら俗世間にはなじまない資質の持ち主だからだという思いが読み手の無意識に存在するからである。

この状況の真実のありようを暗示しているのはむしろ父親である。父親は息子である作品の主人公、すなわち志賀直哉の「自活」に非常な不安を抱いている。自分の息子の資質への懸念がある。それを払拭するために、息子にことあるごとに「自活」を促す。息子が「自活」できるようであれば、父である自分の心配は杞憂にすぎないことになるからである。

父親から見て、「自活」不能者に見えてしまう息子。その理由を、息子である志賀直哉の持つ芸術的天才性によるものと多くの読者がとらえてしまうのは実は作者の手引きによるものである。

では、志賀直哉とは、いったいどのような人物なのか？

この辺りの事情をさらに追ってみる。

四

志賀直哉の周辺の証言を探っていくと、たとえば、阿川弘之は評伝『志賀直哉』で、「志賀直哉には、明らかにある種の異常知覚があった」と語っている。誰かが自分を来訪することが予知できたというのである。阿川本人が事前の連絡なしに突然志賀を訪ねて行ったときのこと。「きょう君が来ると思った。とにかく上り給え」と阿川を待っていたそぶりをみせ、次のように語ったというのだ。

「町を歩いていて、此の道をもう少し行けば誰に会うナと、その人のことが頭に浮かぶ。そうすると必ず会うね。昔奈良に住んでいた頃、大阪へ出て阪急電車で神戸へ行く途中、次の駅で谷崎君が此の電車に乗って来ると、はっきりそう思った。康子が一緒だったから、ちょっとそれを言っときゃ面白かったのに、言わなかったけどね。谷崎君、果して乗って来たよ。きょうも何故か知らないが、君が来ると思ってた。そろそろ来る頃かなという風に考えてあれするんじゃない。はっきり、来ると思うんだ」

信仰を持たず、極度の迷信嫌いだったにもかかわらず、「霊のお告げ」や迷信と別のそういう予知能力が生き物にはあると決めており、自分は原始人か野生動物に似てそれの強い方だと自認している様子であった。

いわゆる予知能力であるが、虫の知らせの強いものだといえる。状況を読み取り、それが現実化する可能性が高まってきたとき、本人の思い込みの激しさゆえ、可能性を飛び越え「はっきり、来る」と思ってしまうのだ。

阿川弘之との師弟関係から、阿川の訪問が近づいていることを全体の状況として感じてはいるが、それが感情として先鋭化した日にたまたま阿川が訪問したということである。

谷崎の場合も同様で、時間的にもっとももやって来そうな時刻の電車を無意識に探し出していたのである。だから、こうした予知は当たることもあれば、はずれることもあったはずである。ただ、当たったときの場合は強烈に印象に残るから、そのときの記憶が本人に焼きつくことになる。

予知能力を感じさせるほどの極度な思い込みの強さが志賀直哉にあった、とここは読み解くべきである。

阿川はさらに志賀直哉の異常ともいえる記憶力についても触れている。

これともう一つ、志賀直哉の特異体質乃至異常才能として一部の人が注目していたのは、記憶の明確さである。（中略）心を惹かれて見た対象は、美術品でも役者の舞台姿でも、自然の景観でも、色彩と形態がそのまま脳裏に焼きついてしまい、何十年経っても消えない、そういう記憶力である。戦場や大惨事の場面など、生き死にの瀬戸際では、大方の人に此の焼きつけ現象が起こるようだが、直哉の場合、日常茶飯に起こる。ゲーテがその種の異才の持主だったそうだ。志賀さんも同じらしいという説を、私は、直哉と交って五十年近い谷川徹三から聞かされていた。

五

ゲーテと結びつけられると、その特異性が何か偉大な才能のように思われるが、現代では「映像記憶」「視覚的直観像」と一般的に呼ばれるもので特段偉大な能力というものではない。

見たものを写真のように頭に焼き付けることのできる特異性である。この特異性を持つか、あるいは持っていた可能性のある著名人として、ゲーテの他にもピアニストのルービンシュタイン、科学者のジョン・フォン・ノイマンなどの名があげられているが、将棋の升田幸三も直観像の持ち主であったという。

志賀直哉の「異常才能」も正体はこの視覚的直観像であった。

六

また阿川弘之は志賀直哉の特異な体質とわがままな性格、さらに落ち着きのなさについても述べている。

人並み以上の頭脳と才能を持ちながら、何故こう落第するのか、当人の説明によれば、「僕は品行点が悪かった。品行点が悪いと非常に損なんだ」とか、「一つでも五点以下があれば落第する。落第しないだけの点数を取っておく要領を弁えていなかった」とか言うのだが、結局は、辛抱我慢の出来ないわがままな性格ゆえとしか考えようが無い。和文英訳の試験なぞ、分からない、いやだと思ったら、一行も書かず白紙のまま出してしまうというやり方で、教師の方も採点のしようが無かったらしい。品行点が悪いのも、酒煙草を飲んだとか女学生につきまとったとか、その種の「品行」とは別で、教室に行儀よくじっと座っていることが出来ない。それが目立つために低い点をつけられるのであった。

例えば、授業中口の中に唾が一杯たまって来る。一種のアレルギーだろうが、そういう体質なのである。つと立ち上がって、通路を教壇の方へ歩いて行く。先生が、何か用か、用ならそれを言えと、講義をやめて不思議そうに見ているけれど、唾だらけで本人は口がきけない。黙ったまま教壇の手前で横へ曲り、窓のガラス戸をあけて、下の運動場へ唾を吐く。地理の山上萬次郎先生に叱りつけられ、胸倉つかんで教室の外へ突き出されたことがあった。

ここにはある特異性をもった志賀直哉がいる。いやなことから逃げ出したいのは人間一般の属性というものだが、それを志賀直哉は徹底してしまう。もちろん白紙答案は、落第してもそれが許される境遇に本人が置かれていることが前提になっているのだが。いずれにしても、いやなもの、関心のないものには全く興味を示さない志賀直哉の性格がうかがえる。

ここで最も注視すべき点は、授業中に平気で出歩く志賀直哉の姿である。たとえば小学校でも低学年では授業中の出歩きはよくあることだが、高学年まで進んでくると一般的には次第に落ち着いてくるものである。そして、中学生や高校生になれば授業中の出歩きはほとんどなくなる。阿川弘之によれば口内につばがたまる癖が志賀にはあって、それを吐き出すために机から離れるのだとそれなりの理由が述べられてはいるが十分な説得力は持たない。着座のまま手ぬぐいやハンカチを用いることは可能だろう。普通はそのように対処するのである。理由はそれなりに後付けできる。ここには、いい年をして授業中にもかかわらず出歩いてしまう「多動」な志賀直哉がいると考えるべきである。

この多動性は年齢を重ねても治りはしなかった。

尾崎一雄は昭和四十年の講演で志賀直哉の野次馬的な性向について語っている。

　志賀さんは火事があるというと、サッと行く、わたくしより十六、七、年長ですから、それを、火事だというとサッととび出すのですから、たいへんなものです。実に物見高いのであります。けんかがあるというと、ソレッと行く、背が高いのでうしろの方でおもしろそうに見て居られる。すべてそうであります。なにごとによらず実に物見高くて、興味満点という顔をしてなんでも見る。これは書こうと思ってそういうことを見ているのではない。小林秀雄だったか、だれだったたか、志賀さんは、ものを見るのではなくて、見えてしまうのだということをいっていたように思いますが、たしかになにかそういうものに引っぱられて、どうしても見ずにいられない。万事そうである。

「志賀直哉をめぐって」（＊25）

興味があるから見るという水準を超えて、見ずにはいられない性質の志賀直哉。夏の虫が電球に群がるのは光に近づきたいからではない。光を感じたときには近づいてしまうのだ。志賀直哉も日常と異なる何事かが起きると、それに「引っぱられて」しまう。何か感じる対象があると、動き出してしまっている。

阿川弘之も同様なエピソードを紹介している。

何しろ、通俗なものに対しては同情も容赦も無かった。昭和十七年度の直木賞受賞作家田岡典夫は、熱海の頃の麻雀仲間で、土佐のいごつそうの人柄に直哉は好意を寄せていたのだが、その田岡を前に、

「大衆文学と芸術としての文学とは、二つの別の商売といってもいいくらい、全然ちがうものだからネ」

と、周りの私どもがはらはらするようなことを、ごく当り前の口調で言ったのを覚えて

いる。

田岡典夫がその時、どんな表情を浮かべたか、想像するしかないが、志賀直哉にはその場の空気をうまく読めないところがあったのだろう。思いつくとその場の状況は頭から消えてしまい、喋りたい衝動に従ってしまっているのである。

七

志賀直哉の作品からは、嗅覚、視覚といった感覚が異常に敏感であったこともうかがえる。大津順吉は志賀直哉本人といっていい主人公である。志賀は滋賀で大津。直は意味として順に通じ、哉の漢字の一部が吉である。大津順吉は志賀直哉の変名だと言える。その作品「大津順吉」で主人公は特異な嗅覚と視覚の持ち主として描かれる。

私は何年ぶりかで又祖母だけの看護を受けた。或る時仰向けに寝ながら、祖母の仕てくれるままに腹の蒟蒻を取り更て貰っていた。すると私には不図幼年時代の情緒が起こって来た。それは祖母の体の独特な香が私に幼年時代―其頃はいつも抱かれて寝ていた―を突然に思い起こさしたのであった。「犬だネ」それを聞いて友だちが私を笑ったが、此の経験から色々な人の独特な香―それは其人々の顔ほどに異なる香を、中々多く自分が知っている事に心づいた。

あるいは、

―茶を云ひに来た千代の声で目を覚すと、気分の悪い時にはいちばんいけない事を天井でやっている。ギラ〳〵とそれが赤みを帯びてふるえている。どんな時でもこれを見ると私は苛々して了う。

自家との界の塀に近く隣の温室があって、それが私のいる二階から見下される。或る嵐の時にその温室の後側の屋根のガラスに被せてあったよしずが破られて、それ以来、其処へ夕日が反射すると私の部屋の天井へ来てギラ〳〵と赤みを帯びたものが震えるのである。これが堪らない。―それは主に夏の事だが、冬は冬で、スティームを作る石炭の油煙が風によると、私の部屋の縁側へ来て、コロ〳〵コロ〳〵何か小さないたずら者でも遊んでいるように行列を作って転げ回る。若し障子を閉め忘れてでもいると、机の上へ来てそれをやる。そう云う時は本気で腹を立てて、隣に手紙でも出してやろうかと思う事もあった。

（傍線は諸井）

嗅覚が鋭く、人それぞれの匂いをかぎ分けたり、天井に映る光の動き回る様子に神経が逆なでされて耐えられなく様子が窺える。

「鳥尾の病気」（＊18）では主人公の鳥尾が列車の中で、乗り込んできた魚屋の発散させる牡蠣の臭いに当たり脳貧血を起こし、医者にかつぎこまれる場面がある。鳥尾は志賀直哉本人がモデルということであるから、これも志賀本人の嗅覚の度を超した敏感さのあらわれといえる。

八

ホールが苦手でディテールは解するのが志賀直哉であるが、そのディテールについてもすんなりとはいかなかった。ディテールにとらわれて、そこから抜けられないことが習癖のようにあった。晩年尾崎一雄のインタビューに応えて志賀はこう語っている。

どうも僕は無駄をかいてしょうがなかったね、それまで。非常に細かいことまで身について、こまごまこまごま書いて、その癖がなかなかおらないんで、だからなかなか書いててまとまらないんだ。途中でみんな駄目になっちゃうね。いろんな所に細かく人間の動作なんかでも書いちゃうね。（＊15）

インタビュアーである尾崎一雄はそれに対して「つまりははしょり方の要領ですか？」と聞き返している。志賀は「そうね、あるいはそうだろう、おそらくそうだろう」と応じている。もちろんこれは尾崎の言うような「はしょり方」の問題ではない。筆が勝手に氾濫を起こしてしまって作家自身の手に負えなくなるという問題である。「はしょり方」をなんとか工夫すればおさまるといった問題ではない。次から次にディテールが浮かび上がって作者がそれを統御できないということなのだ。

具体的には、その場の画像や映像が脳裏に浮かび上がってくるため、それを細大漏らさず記述しないではいられなくなっているという状態である。これはほとんど強迫観念として志賀直哉に訪れるため、たとえ自分を不利にするような醜い感情であっても、それを書き記さないではいられないのである。これは志賀の人格が高潔で嘘をつかない、というものとは違う。むしろ「嘘がつけない」という強迫神経の問題である。

九

また志賀直哉には変化する状況に臨機応変に対処できない一面があったことがうかがえる。本多秋五は「志賀直哉小論」（＊23）で次のようなエピソードを紹介している。

誰であったか、志賀直哉をよく知る友人が語っていたことがある。志賀直哉は、誰かが訪ねて来るというと、その時間に待っている。約束の時間に来ないと、イライラして落ち着かなくなる。ついに待ちきれなくなって、友人のやって来そうな方向へ向って自分から出かける。約束をスッポカされると、心から来訪を待っていただけに本気で怒ってしまう、と。

本多はこのエピソード紹介につづけて、「たしかにそういう人だと思う。作品がそれを証明している。人間に対しても事物に対しても、心から、真向から対する人である。」と述べている。

このエピソードを本多は友人から聞いた話にしており、事実そうであったかもしれないが、元の話は志賀直哉の作品「鳥尾の病気」から採られたものであろう。この作品の「鳥尾」は志賀直哉自身がモデルである。その「鳥尾」の性格について、作品ではこう述べられている。

今日誰か来るとなると、それを一生懸命に待つ、約束の時間が来てもまだ見えないと二度も三度も門へ出て見る。仕舞にはヤリキレナクなって其人の来る路を此方から逆に歩いて行く事などが少くない。従って三十分と一時間と待たされると、とうとう腹を立てて了う。だから彼は人に来ないかというような場合、気が向いたら行こうとか、若しかしたら行くとかいう返事は決して許さない。即ち彼のは約束をたがえるのを怒ると云うより、待つ間の苦しみで腹を立てて了うらしい。　「鳥尾の病気」

本多のように志賀直哉のこうした言動を「人間に対しても事物に対しても、心から、真向から対する人である」と解釈してしまっては志賀直哉の特異性はほとんど人格の立派さといったものに変貌してしまう。

本多秋五は自分の「小論」のはじめの部分で次のように言っている。

志賀直哉といえば「文学の神様」とか、現在文壇の最高位に位する長老作家とかいう通り相場がつい頭に浮かぶ。『暗夜行路』にしてもそうである。大正期の小説の最高傑作といった通り相場が、つい頭をよぎる。そういった予断は一切すててかかるのが得策である。

私は揚子江をはじめて見たとき―武昌で汽車を降りて、自動車であの長江大橋の南の袂についたのだが、なあんだ、これがあの揚子江か、と思った。実物を見ない前の、頭のなかでの予断にはとりとめがないのである。

揚子江といっても、高が河である。志賀直哉といっても、高が小説書きである。揚子江はただの河と思って見るとき、志賀直哉はただの小説作家と思って見るとき、ありのままの姿が見える。心を虚しうして、あらゆる予断を意識的にとり払って、実物に接して見るにかぎる。

本多秋五は「志賀直哉といっても高が小説書きである」と大見得を切っているにもかかわらず、その舌の根も乾かぬうちに志賀直哉のこうした逸脱した行動を偉大な性格であるかのように評している。約束の時間を過ぎるとイライラが昂じて往来へ飛び出す行動から「人間に対しても事物に対しても、心から、真向から対する人である」という人物像を引き出すことは人間観察として粗忽な診断である。人にも物事にも真っ向から向かうとしたら、人はそれぞれの事情のもとに生きていて、時間に間に合わず、かといって電話連絡も出来ないような状況にあるのかもしれないから静かに到着を待つ、という態度もとれるはずである。むしろその方が人間の事情に通じている判断というべきだ。

ここは本当に「ありのままの姿」で見るべきで、ここには来客が到着する予定に変化が生じたため、その変化した状況に対応できずパニック症状を起こした志賀直哉がいると解釈するのが妥当である。「思い込みが激しく、一度思い込んだら修正がなかなか出来ない人」と見るのが「ありのまま」の見方なのだ。

あらかじめの計画や予定がその通りにいかなくなることは日常では茶飯事であるが、計画や予定に精神が極度に拘束される志賀直哉はそうした場面で変化が起きると対応が困難になるのである。

激しやすい、記憶力に優れている、多動である、その場の空気が読めない、思ったことをすぐ口にする、過敏な感覚、ある種のことに強いこだわりを持つ、予定に変更が生じるとパニックを起こすといった資質。

これらの例は、志賀直哉が「躁鬱」や「神経衰弱」ではなく、むしろ現在では、注意欠如・多動性（ADHD）等と呼ばれる傾向を持っていたことを示しているように見える。

もちろん人間は十全な発達を遂げることなど誰にもできるものではない。だれもが幾分かは平均値から逸脱した性向を持って生きている。志賀直哉の場合、その度合が幾らか大きいように思える。

特に志賀作品の主調音となっている主人公のカッとしやすいこと、衝動的に不快な気分に襲われること、これはその症候の一つと考えられる。

「実母の手紙」（＊10）の中に、母親銀が石巻から東京の祖母宛に出した手紙が引用されている。

直やも日増しに智慧もつき、いろ〳〵おぼえ申し候、あかめなどおぼえ候、ねん〳〵こと申し候て、からだをゆすり居り候。河岸（北上川）にて遊び、つれ帰り候と、どこまでも、又、行くとあばれ申し候。日々皆様と大わらい致し居り候

直哉満一歳前後のことで、「あばれ」でわがままとはいえ、乳幼児はまずこんなものである。おとなしい幼児ではないが、まだわがままが顕著な特徴というほどではない。

志賀直哉の実母は直哉が十二歳の時に悪阻のため死去するが、その一年ほど前にあった小さ

な出来事が作品に綴られている。

それは子供の自分が足袋を穿く頃だったから、死ぬ半年程か或いは一年半程前の事だったに相違ない。或る夕方自分は台所の傍の部屋で足をなげ出して何かして居た。其処に母が足袋を持って来て呉れた。母は自分の背後で「ハイ、足袋」と云った。自分は知らん顔をして居た。自分は仕ている事に没頭していたのだ。それは夕食前の忙しい時でもあったし母は自分が黙っているので、気軽に「ハイ」と自分の頭に足袋を載せて彼方へ行って了った。自分は急に腹を立てた。直ぐ母を追いかけて行った。そして「失敬だ」と云って怒った。自分はしつこくそれを繰返してから、、、からだで突掛かって行った。気の弱い母は当惑して淋しい顔をしていた。然し自分は却々承知しなかった。

「母の死と足袋の記憶」（＊18）

志賀直哉が十一歳の頃のエピソードである。この頃には、「急に腹を立て」る癖はすでに始まっていたことがうかがえる。

「からだで突掛かって行った」というからには、おそらく母親に体当たりしたのであろう。「気の弱い母は当惑して淋しい顔をしていた」とあるが、これはおそらくは因果が逆である。

「当惑して淋しい顔をして」いるような母親だから突っ掛かっていったのである。これを極端な場面に引っぱっていって、たとえば力士のようなごつい男が主人公の頭に足袋をのせたとしたら主人公は「からだで突掛かって」いくことなどできはしなかったのである。弱い母親だからできたので、本当なら「しつこい」と言って母親がこの息子を怒鳴りつけてもよかったような場面である。

学習院、東京帝大の時代になると志賀直哉は存分にわがままを発揮するようになる。阿川は評伝の中で、仲間の一人に「志賀は実に辛抱の無い男だ。人間少しは我慢ということをするもんだ」と言われたエピソードを紹介している。

さらに、島村利正は志賀直哉四十五歳の頃の様子を「奈良の思い出」（＊26）で紹介している。

そのころの奈良公園は芝生を保護するためか、いたるところに「芝生に下駄で立入るべからず」と記した白い木札が立てられていた。（中略）

この野球のとき、志賀さんは下駄でグラウンドの芝生にはいり、ベンチに腰掛けておられたのだが、ちょうど通りかかった例の園丁に、

「芝生に下駄ではいってはいかん」

と、傍若無人、乱暴な語気で注意された。志賀さんは観戦に気をとられて、最初のその声

は聞こえないようにみえたが、近寄ってきた園丁の二度目のその声を聞くと、突然、

「なにッ！」

と云われ、すっと立ちあがって園丁と向い合い、あっというまに両手を四つに組んでなぐり合いになりそうになった。そのとき若山さん達も驚いて立ちあがっていたが、志賀さんの奥さんが駈けよる方が早かった。

「いけません、いけません」

志賀さんの奥さんはそうたしなめながら、白い小さな手で、組んでいるふたりの手首をすぐに解きほぐした。


最晩年、肺炎で入院し、一時昏睡に陥る様子がみえたが、やがて持ち直した。その時の模様を阿川弘之は「終焉の記」（＊23）で書いている。


そうなるとしかし、先生の方は段々持ち前の我儘が出て来て、床の上へ起せとか、ステッキを突いてベッドから足を下ろすとか言い出す。すぐ疲れて横になってしまわれるけれども、五分もしないうちにまた起せと言う。

康子夫人がさとすような口調で、寝ていらっしゃらなくちゃ駄目よと、やさしくなだめ

るのに、大きな強い声で、「うるさいッ」と怒鳴ったりした。

激しやすい性向は若い頃から死ぬまでずっと変わらずに続いていたのである。

つまり、彼の「不快」「不愉快」な衝動は持って生まれた性向に起因するものだったと言えよう。

こうした症例の中には、皮膚の痛覚が過敏で、なでられるだけで痛みを感じたり、光を過剰に感じて、通常の部屋でも眩しすぎてつらかったり、蛍光灯の微細な音までキャッチするため、会話する相手の声が周囲の音の氾濫に呑み込まれて聞こえづらかったりといった事例が紹介されている。志賀直哉の場合も、心身が周囲の環境と幾分かの不適合をおこしていたと推測できる。周囲の人間には何でもないことが、志賀直哉にはたまらないほど不快な事態になっていた。そのため、彼は周囲に対して激突する。それは同時に自らを内側に固めていくことになった。自分の心身を鎧のように固め、外部に対してはハリネズミのように尖る必要があった。

この資質は言うまでもなく、善悪、倫理の次元の問題ではない。文学的な観点からは、この資質がどのような文学空間を作り上げたかだけが問題で、たとえば堀辰雄が結核を病んだこと自体を文学的には善悪で裁断することが無意味なのと同様である。

志賀直哉の抱えたこの資質は結果的に小林秀雄のいう「ウルトラ・エゴイズム」を彼にもた

らした。彼の自我は、外界との不調和を常としている。そのため、自我は自身をより強く自覚した自我として固着する。自我の輪郭が色濃くなる。志賀直哉という輪郭線の妙に濃い人間像が出来上がってくるのである。

志賀直哉の心身には常に外界との不調和が生じているので、その反作用として、自我が無意識に緊張し、色濃いものとして固着するのである。外界との不調和が継続的なものであるかぎり、本人でさえ制御困難な強い自我の重力場を志賀直哉は抱えるといってよい。


機嫌のよし、悪し、これは自分でもどうにもならない。私の場合それは多く生理的に来るので、大体疲れている時は一寸した事でも癇に触り、つまらぬ事で家人を怒鳴りつけたりするのだ。

「池の縁」（＊10）


その朝、かれは恐ろしく不機嫌だった。

「俺にとって世界中で自家程居心地の悪い所はない。牢屋へ入る方がましだ」こんな事を云った。

彼は自分の顔がいびつになったような気がした。いびつになったまま固まって、いつまでも直らないような気がした。

「石榴」（＊5）

こんな状態が続いているのである。周囲と安定した関係がとれない。機嫌の善し悪しが生理的にやってくることは、志賀直哉自身に十分自覚されてはいたが自分では制御できない。明治四十四年三月二十八日、志賀直哉二十八歳の日記にはこうある。(＊14)

総ての人がイヤだ。総ての人が、自分を遠くからカラカッている、友人はこうなると、皆な下らない奴等ばかりだ。エライ奴は一人もいない。

こんなに不快なら何故、自分はもっとテッテイして不快にしていられないのかしら、下らぬ事に嬉しそうな顔をするのがいやだ〳〵。ナゼそんなことになった。

友人は全員が下らない奴だ、と書いておきながら、翌日の三月二十九日になると、手のひらを返したように次のように書いている。

夜武者来る。
久しぶりで愉快に色々な事を話した。

心と心で話した。

翌日になると前日は下らない友人であったはずの武者小路実篤といろいろなことを「愉快に」話している。志賀直哉の精神状態はきわめて不安定である。

志賀直哉はときに「神経衰弱」に陥り、この神経衰弱については本人も自覚があるが、この「神経衰弱」は、元来の素因が周囲との不調和をもたらし、その不調和が志賀直哉に跳ね返り、その結果生み出された二次的症状といえよう。

たとえば、自分の癇癪の原因はまわりの者が気が利かないからである、と志賀直哉は考える。

類は友を呼ぶの譬に洩れず、来る女中来る女中、皆気が利かなかった。する事総てが彼の思う壺を外れた。が、彼の機嫌のいいときはそれでもよかった。然し一たん虫の居所が悪いとなると、自分でも苦しくなるほど、彼には叱言の種が眼の前に押し寄せて来た。そういう時彼は加速度に苛々し癇癪を起し、自分で自分が浅間しくなるのであった。
「総てに馬鹿さの感じが、張っているじゃないか。家中が馬鹿さの埃で一杯だ。眼も口も開いてられやしない」こんな風に見得も振りもなく怒鳴り散した。　「転生」（＊19）

自分の苛々は周囲の者たちの気の利かなさのせいでもある。周囲がもっと気を利かせて、自分を苛々させないようにするべきだという主張である。「総てに馬鹿さの感じが、漲っている」という身勝手な主張であるが、志賀直哉が自分で制御できない苛立ちの襲来に後がないほど追い詰められていることだけは確かであった。

とはいえ、やがて自分の「苛々」も、自分と自分の内部にある何かとの戦いそれ自体であることに気づかざるを得なくなる。二十九歳の時の日記のように「自分の自由を得る為めには他人をかえりみまい。而して自分の自由を得んが為に他人の自由を尊重しよう。他人の自由を尊重しないと自分の自由をさまたげられる。二つが矛盾すれば、他人の自由を圧しようとしよう」などという暴君のような決意を実生活の上で実行し続けられるはずはないからである。『暗夜行路』の中で、初めて主人公は自分自身の内部に目を向けている。

然し謙作は自身の過去が常に何かとの争闘であったことを考え、それが結局外界のものとの争闘ではなく、自身の内にあるそういうものとの争闘であったことを想わないではいられなかった。

「つまり人より著しいんだ」と末松が云った。

謙作はこれまで、暴君的な自分のそういう気分によく引き廻されたが、それを敵とは考えない方だった。しかし過去の数々のことを考えると、多くが結局一人角力になる所を想うと、つまりは自分の内にあるそういうものを対手に戦ってきたと考えないわけには行かなくなった。直子の事も解決は総て自分に任かせてくれ。お前は退いていてくれ、今後顔出しするのは邪魔になる。—自分がすぐこれを云ったのは知らず知らず解決を矢張り自身の内だけに求めていた事に初めて気がついた。実際変な事だと思った。—「自身のうちに住むものとの争闘で生涯を終る。それ位なら生れて来ない方がましだった」
そんな意味を云うと、末松は「然しそれでいいのじゃないかな。それを続けて、結局憂なしという境涯まで漕ぎつけさえすれば」と云った。

「暗夜行路」(傍線は諸井)

ここで初めて志賀直哉は自分の内部に原因があるのではなかろうかという思いに至る。だが、これを分析し追究する方向へは向かわない。「それを敵とは考えない」からである。むしろ、主人公は「愚痴」に向かうのだ。「自身のうちに住むものとの争闘で生涯を終る。それくらいなら生れて来ない方がましだった」と。

志賀直哉にとって「機嫌のよし、悪し、これは自分でもどうにもならない。私の場合それは多く生理的に来るので」自分の手に負えるものではないと最初からほとんど放任状態にある。

自分の性向は自己の特質であると考えるからである。

そうした自らの特異な資質と戦いながら生きていくのにもっとも適していたのは「作家」という職業であった。むしろ、「作家」以外に選択肢はなかった。志賀直哉にもたらされた度しがたいわがままな資質では、勤め人などにはなれるはずはなかったからである。他人と上手に関係を築くことができない。父親の独り立ちしてほしいという気持ちに逆らい続け、父親との不和を招きつつも親のすねをかじりつづける姿をさらけだし、しかし作家の道を手放さなかったのは、作家の道だけが「暴君的な自分のそういう気分によく引き廻され」る自分自身を生き延びさせてくれるように感じられていたからである。

実生活上では武者小路実篤との出会いが彼の歩みを決定づけた。

志賀直哉は学習院時代に二度落第している。「しかし、落第しても決して損はしていない。創作をやるようになったのは二度落第したお蔭といっては云い過ぎかも知れないが、そういう仲間の出来たのは二度落第したためである」と語っている。さらに「私は私の人生で、武者という人間に出会わなかった場合を想像することは出来ない」と言うのは必ずしも武者小路実篤へのおもてむきの謝辞ではなく、武者小路に出会わなかったとしたら文学への道に目覚めることもなく、生活不適応な人生をおくることになった可能性が高いという意味で本音といえる。

では、文学の道を歩みながら、彼はついには「憂いなしという境涯」まで漕ぎつけることができたのであろうか。

間違いなく言えることは、志賀直哉唯一の長編小説「暗夜行路」の最終場面で主人公が到達したある種の安心立命のあの有名な心境は決して「憂いなしという境涯」などではなかったということである。

ここで「暗夜行路」の最終場面を切開しておきたい。

十

疲れ切ってはいるが、それが不思議な陶酔感となって彼に感ぜられた。彼は自分の精神も肉体も、今、この大きな自然の中に溶込んで行くのを感じた。その自然というのは芥子粒程に小さい彼を無限の大きさで包んでいる気体のような眼に感ぜられないものであるが、その中に溶けて行く、―それに還元される感じが言葉に表現出来ない程の快さであった。何の不安もなく、睡い時、睡に落ちて行く感じにも多少似ていた。一方、彼は実際半分睡ったような状態でもあった。大きな自然に溶込むこの感じは彼にとって必ずしも初めての経験ではないが、この陶酔感は初めての経験であった。（中略）

静かな夜で、夜鳥の声も聴えなかった。そして下には薄い靄がかかり、村々の灯も全く見えず、見えるものといえば星と、その下に何か大きな動物の背のような感じのするこの山の姿が薄く仰がれるだけで、彼は今、自分が一歩、永遠に通ずる路に踏出したというような事を考えていた。彼は少しも死の恐怖を感じなかった。然し、若し死ぬならこの儘死んでも少しも憾むところはないと思った。然し永遠に通ずるとは死ぬ事だという風にも考えていなかった。「暗夜行路」

本多秋五は「暗夜行路」のこの場面で、主人公（志賀直哉）の囚われていた「自我」からの脱却、そこからの解放感、幸福感を読み取っている。そして、その体験はすでに「城の崎にて」の「死に対する親しみ」に胚胎していたとして本多は自らの考えを遡行させて論じている。

私はずっと前から、『暗夜行路』は『城の崎にて』の拡大深化版だと思っていた。しかし、それはまだ仮説的なところがあった。ここまできて、やはり『暗夜行路』は『城の崎にて』の拡大深化版なのだと、確信する。（＊22）

そして、次のように結論づける。

志賀直哉が「死に対する親しみ」を初めて覚え、そこから「自我」の脱却の閾際に初めて立ったのは大正六年の『城の崎にて』においてであった。彼はその体験を「自我」――正確には「自己」だが――の浮沈にかかわるものとして忘れなかった。『暗夜行路』の構想は、後篇第四に入ってからでも小さなブレはいろいろあっただろうが、結局その自我脱却の重大な体験を、より成熟した作家のペンで存分に描いてみることが、いつからか『暗夜行路』の終局の目標になっていた。（＊22）

本多秋五は「暗夜行路」の大山での時任謙作の陶酔体験を主人公の「自我からの脱却」と受け取り、志賀文学の達成した頂点だと考えている。

だが、「彼は少しも死の恐怖を感じなかった。然し、若し死ぬなら此儘死んでも少しも憾むところはないと思った。然し永遠に通ずるとは死ぬ事だという風にも考えていなかった」ことが「自我からの脱却」であるとしたら、これはずいぶん都合のいい話である。

主人公には妻がいて、子どもも生まれて、その帰りを待っている。にもかかわらず「彼は少しも死の恐怖を感じなかった」という。これは実に虫のいい「悟り」ではないか。

時任謙作は最後まで「解決を矢張り自身の内だけに求めて」いるのだ。そこには自分以外の者は、たとえ妻や子どもであっても入り込むことができない。自身の内部だけで完結してしまう臨死体験的な「至福感」や「解放感」なのである。

その臨死的至福感を志賀直哉自身が「苦悩の昇華」のように表現するためには、証人が必要となる。そして、証人として、妻の「直子」が登場させられてくるのである。

謙作は黙って、直子の顔を、眼で撫でまわすように只視ている。それは直子には、未だ嘗て何人にも見た事のない、柔かな、愛情に満ちた眼差に思われた。

「もう大丈夫よ」直子はこう云おうとしたが、それが如何にも空々しく響きそうな気がして止めた程、謙作の様子は静かで平和なものに見えた。

「お前の手紙は昨日届いたらしいが、熱があったので、まだ見せて呉れない」

直子は口を利くと、泣出しそうなので、只点頭いていた。謙作は尚、直子の顔をしきりに眺めていたが、暫くすると、

「私は今、実にいい気持なのだよ」と云った。

「いや！　そんな事を仰有っちゃあ」直子は発作的に思わず烈しく云ったが、

「先生は、なんにも心配のない病気だと云っていらっしゃるのよ」と云い直した。

謙作は疲れたらしく、手を握らしたまま眼をつむって了った。穏かな顔だった。直子は謙作のこういう顔を初めて見るように思った。そしてこの人はこの儘、助からないのではないかと思った。然し、不思議に、それは直子をそれ程、悲しませなかった。直子は引込まれるように何時までも、その顔を見詰めていた。そして、直子は、

「助かるにしろ、助からぬにしろ、兎に角、自分はこの人を離れず、何所までもこの人に随いて行くのだ」というような事を切に思いつづけた。　　　　「暗夜行路」

時任謙作の「悟達」が本物であるためには、それを確認する証人が必要である。作品構成上、そのためには直子が現地に駆けつける必要があった。

そこで直子が目にするのは時任謙作の「未だ嘗て何人にも見た事のない、柔かな、愛情に満ちた眼差」であり「穏かな顔」だった。「直子は謙作のこういう顔を初めて見るように思った」ことで、謙作が本当に「苦悩の昇華」を果たしたかのような印象を読者は与えられる。「未だ嘗て何人にも見た事のない」「愛情に満ちた眼差」とは、あたかも仏陀のような眼差しである。

これまで「暗夜行路」という作品の視座は主に主人公の謙作にあった。ところが、この最終場面で視座が謙作から直子に変更される。作者は謙作の視座からは結局「苦悩の昇華」に至り得ないことに気づき、直子の視座を借りたのである。だが、こういう視座の変更は志賀直哉の

嫌った大衆文学のよく用いる方法である。したがってその分、「暗夜行路」は通俗性をおびてしまった。都合良く直子が駆けつけ、都合良く謙作の〈未だ見たことのないような柔和な顔〉に出会うことになった。

志賀直哉は「暗夜行路」の終わり方について「助かれば申分ないが、助からなくてもよしという程の気持に夫婦ともになったので、あそこで筆を止めた」と述べている。たしかに「この人はこのまま、助からないのではないかと思った。しかし、不思議に、それは直子をそれほど、悲しませなかった」と直子が謙作の気持ちに一致したかのようにその最終場面は書かれてはいる。

だが、直子の気持ちが謙作と一致しなければならない必然性は本当はどこにもない。たとえば直子が「ここで夫に死なれては困る。まだ小さい子どもがいるのだから」と謙作の気持ちとは違った思いを抱くこともある。あるいは「列車から突き飛ばすような人とは一緒に住みたくない。このまま死んでくれてもかまわない」と密かに思うことだってありうるのである。

幼い子どもを預けて、重篤の夫のもとに駆けつけた直子が「それほど、悲しま」ないことの方がむしろ流れとして不自然である。

ここで創作の筆をつかって直子の気持ちを謙作の気持ちに同致させたのはいうまでもなく作者の志賀直哉である。作者は時任謙作の苦悩を昇華させるために直子を謙作の状況に引き込むという強引な力技を使った。この力技によって、主人公が悟達の境地に至ったかのような仮構を呈することがかろうじてできたのである。だからこの結末は、自らの脚力で作品の頂に登りつめたといったものではない。読者はどこかはぐらかされたような印象を持たざるを得ないのだ。

中野重治は「暗夜行路」について次のように語っている。

未完成ではない。仕上がったという意味では完成したが、横道へどんどんそれて行って、完成とか未完成とかいうことが意味をなさぬような袋小路のつき当たりで結局仕上がったと見る以外ないと思う。
「暗夜行路」雑談（＊25）

十一

たとえば、武術の世界では「自我からの脱却」の境地を「無心」とか「自他合一」などと名づけている。

もともと武術には敵である相手が当然ながら存在する。相手のいない武術などあり得ないからである。その意のままにならない相手とどう渡り合うか、その追究が武術である。

相手を倒すのでもなく、自分を守るのでもなく、自分をも相手をも守る。武術の究極はそれである。究極的には武術は戦わないことを本願とする。

そのために自分が自分のままでいることはあり得ない。自分が相手と合一することが必要となる。

ドイツ人オイゲン・ヘリゲルは弓の名人阿波研造に弟子入りしたときのことを『日本の弓術』（＊27）で書いている。阿波研造は示範で的の中心を射貫いた後、彼に言う。

私のやり方をよく視ていましたか。仏陀が瞑想にふけっている絵にあるように、私が目をほとんど閉じていたのを、あなたは見ましたか。私は的が次第にぼやけて見えるほど目を閉じる。すると的は私の方へ近づいて来るように思われる。そうしてそれは私と一体になる。

この「無心」では私と的とは一つになっている。

武術の「無心」は自分だけの孤立した無心ではない。本人一人が悟達しているものではない。自分と相手との関係を融合させる中での無心であり、自他同一である。

これに対して、「暗夜行路」における時任謙作が大山で体験した「陶酔感」は、どう解釈しても本人の体力の極度な減退がもたらした臨死体験的な幸福感に過ぎず、そのまま死に至るか、あるいは運良く死を免れたとしても、体力の回復に応じて今までどおりの癇癪持ちの生活に戻っていく程度のものでしかない。さすがに、体験の記憶として「陶酔感」は主人公に自分を相対化する視点をもたらすであろうが、自己を相対化するためには、総てを「他」にゆだねる覚悟が必要であり、自我の重力圏が強くて「他」を持つことのできない主人公には困難な話である。

十二

それでも本多秋五は志賀直哉の到達点の高さを次のように解説する。

謙作は芥子粒ほどの自分が、無限に大きい自然のなかに溶けて行くのを感じ、そこに言葉で表現できないほどの快感を感じた。と同時に、自分が永遠に通じる道に、一歩踏み出したというようなことをも考えた。（中略）思い上がった「自我」が消えて、謙遜な気持を持って初い初いしく生れた「自己」は、自分が深く大地に根を下ろしたもの、大地がどうすることもできないように、何人も動かすことのできないものであることを感じる。
（中略）謙遜であって自信に満ちた人は、他人に対して寛大である。（＊22）

ここまで語ると本多の言い分は贔屓の引き倒しとなる。「謙遜であって自信に満ちた人は、他人に対して寛大である」ならば、後年座談会で人の批判を得々と語ることなどあろうはずがないからだ。

志賀直哉は戦後、佐々木基一、中村真一郎との鼎談で語っている。（＊28）

「梅崎春生という人のを三つよんだかな。それから太宰君の『斜陽』なんていうのも読んだけど、閉口したな」

「あの作者のポーズが気になるな。ちょっととぼけたような」

「横光君なんかでも、僕はあのポーズで読めないんだ」

「野間宏という人のも一寸見たが何だか読みにくいね。」「つまり下手なんじゃないかね」

ここでの志賀直哉は「他人に対して寛大」な人物ではなく、「自分に対して寛大」な人物のように見える。中村真一郎や佐々木基一を相手にまるでブレーキが外れたように言いたい放題である。

これに激怒した太宰治が「如是我聞」で反発したことは周知の事実である。その後太宰は心中（自殺）し、志賀直哉は「私の云った事が多少ともその原因に含まれているのではないかと考え、憂鬱になった」「瀧井の話で、井伏君が二行でもいいから讃めて貰えばよかったと云っていたという事を聴き、私の心は痛んだ」のであるが、広津和郎と瀧井孝作に「そんな事はない」と否定してもらい、「太宰君は何の道、生きてはいられない人だった」と慰められるのである。

武術の世界では「自我」であろうが「自己」であろうが、じぶんという「主体」がそこにあることを「居着く」といって嫌う。

志賀直哉は「暗夜行路」で主人公の脱却の場面を表現してみたが、実際には脱却はできてはいなかった。少なくとも作者の志賀直哉は脱却できていなかった。まだまだ自己が色濃く残り、「居着いて」いたのである。

太宰治が「如是我聞」で志賀直哉に噛みついた件について、尾崎一雄は次のように言っている。

十三

志賀直哉だって、よも神ではあるまい。突くべきスキを狙って、文学論を展開すれば、必ずどこかに切りつけることは出来る筈だ、あいにく太宰君は、論は不得手のようだが、志賀直哉だって、何も文学理論の網を張り廻しているわけでもない。（そんなことを必要としないのが、この人の強みなのだが）何か因縁はつけられる筈である。

「志賀文學と太宰文學」（＊29）

また、阿川弘之は評伝の中で、次のように述べている。

志賀直哉に好意を持てぬ人にとって、「如是我聞」は小気味のいい文章かもしれないが、同じ反駁をするなら太宰も、直哉の作品をもう少し精読し、近作「兎」の「お殺せ」ぐらいでとどめず、字義通り「売り言葉に買い言葉」、言葉遣いに関するもっとまともな追究をした方が互角の勝負が出来たのではなかろうか。（中略）

「為事を遊ばすには（今が）一番いい状態だと思うわ。貴方は子供が一寸風邪をひいても直ぐ為事に身が入らないおたちじゃありませんか。家の中の平和が破れたりしたら、それこそ、為事どころか何だってお出来になる筈ないと思う」

これは、どう考えても、乞食に近い境遇で育ったカッフェーの女給上りの奥さんの話し言葉ではあるまい。康子夫人の口調そのものなのであって、こういう点が、志賀直哉も亦、融通のきかない不器用なところのある作家だったと言えるだろう。

志賀直哉の「邦子」に出てくる、乞食に等しい貧しさの中で育った邦子の言葉遣いが上品過ぎて珍妙だと阿川弘之はここで指摘しているのだが、この程度の箇所を揚げ足取り式に取り上げたところで反駁は生ぬるいものにしかならない。「互角の勝負」ではなく、「お互い様」といった程度である。

どうせ反駁するなら、文章書きとしての根源から迫るべきである。阿川弘之の忠告に従って「もう少し精読」してみると、志賀直哉の文章には看過できない点がいくつも見つかるからである。

私は所感を書きとめて置く小さな手帳を開いて、小むずかしい顔をしながら、「人間も自分が真理を知る事を恐れるようになれば、もう救われない堕落である」とこんな事を書いて居た。

「大津順吉」（＊8）

私は為太郎と話している事が、実に興味がなかった。私は千代とだけ少時でもいいから話したかったが、為太郎は警戒するつもりか、それとも歓待するつもりか却々その場をはずそうとはしなかった。私は不機嫌な顔をしていた。

「過去」（＊19）

笛が鳴ると、みんなは「さよなら」と云った。自分は帽子に手をかけて此方を見ている父の目を見ながらお辞儀をした。父は「ああ」と云って少し首を下げたが、それだけでは自分はなんだか足りなかった。自分は顰め面とも泣き面ともつかぬ妙な表情をしながら、尚父の目を見た。

「和解」（＊8）

「小むずかしい顔」「不機嫌な顔」「しかめ面とも泣き面ともつかぬ妙な表情」は誰がどこから見た顔なのか。語り手の視座は志賀直哉の作品の場合、多くは主人公の心、あるいは「目」に置かれている。だから、自分の「顔」は本来見えないはずなのだ。志賀直哉の表現だと一瞬だけ視座が自分の外に出掛けて行き、主人公の表情を写し取ってから、そしらぬ顔をしてもとの位置に戻って来たとしか思えないのである。ここは正しくは「小むずかしい顔をしていたに違いない」とか「はらだたしい気分のまま」「しかめ面ともつかぬ妙な表情をしていることを自覚しつつ」といった表現でなければならない。

少年は、痩せた手でその本をしっかり胸にだきしめながら涙をのんでいたが、私が元気でねというと、やっとうるんだ声で

「—さん、また遊びに来て下さいね」

といった。私もしらずしらずあつくなってきた眼で、うんうんとうなずきながら、涙に光っている少年の瞳をじっとみつめかえした。

（以上傍線は諸井）

田宮虎彦「絵本」（＊30）の末尾である。「私」の眼は「しらずしらずあつくなってきた」こ

とを感じながら、少年の瞳をじっと見る。ここには視座の混乱はない。視座は一貫している。

では、志賀直哉になぜ視座の混乱が起きるのか。

志賀直哉が主体と客体をうまく分離できていないからである。「私は不機嫌な顔をしていた」というとき、「私」の顔が「不機嫌」であることを見ているのは、「私」の外側からの客観視線であるにもかかわらず、その視線が客観視線であることを明瞭には認知できていないのである。つまり、外側からの客観視線も主体の視線（の一部）なのである。そのため主体と客体が混在した言い方になっても本人はそれに頓着しない。

たとえば夏目漱石は自分の外側に「猫の目」という視座を設定し、そこから自分の戯画を描くことに成功している。

主人の心は吾輩の眼球の様に間断なく変化して居る。何をやっても永持のしない男である。其上日記の上で胃病をこんなに心配して居る癖に、表向は大に痩我慢をするから可笑しい。先達て其友人で某という学者が尋ねて来て、一種の見地から、凡ての病気は父祖の罪悪と自己の罪悪の結果に外ならないと云う議論をした。大分研究したものと見えて、条理が明晰で秩序が整然として立派な説であった。気の毒ながらうちの主人抔は到底之を反駁する程の頭脳も学問もないのである。然し自分が胃病で苦しんでいる際だから、何とかかんとか弁解をして自己の面目を保とうと思った者と見えて、「君の説は面白いが、あのカーライルは胃弱だったぜ」と恰もカーライルが胃弱だから自分の胃弱も名誉であると云った様な、見当違いの挨拶をした。すると友人は「カーライルが胃弱だって、胃弱の病人が必ずカーライルにはなれないさ」と極め付けたので主人は黙然として居た。かくの如く虚栄心に富んで居るもの丶実際は矢張り胃弱でない方がい丶と見えて、今夜から晩酌を始める抔というのは一寸滑稽だ。「吾輩は猫である」（＊31）

ここで漱石は「主人」である自分自身を客体として突き放してとらえることができている。志賀直哉も「鳥尾の病気」という小品で、学習院時代からの友人で性格として気の長い木下利玄を物語の語り手「私」として設定し、自分の戯画化を試みている。気の長い「私」（木下利玄がモデル）の目から見た気の短い「鳥尾」（志賀直哉本人がモデル）の生活を小説化したものである。

だが、このもくろみはすぐにくずれる。気の長いはずの「私」（木下利玄）は、気短な「鳥尾」（志賀直哉）と展覧会に一緒に行く約束をしたのだが、さっそく遅刻して鳥尾（志賀直哉）を怒らせてしまうのだ。「私」（木下利玄）が、朝早く目覚めたのはよいが、すぐには起きられず寝床でぐずぐずしていたからである。

ここなど、熱心な読者なら、「私」（木下利玄）の朝起きられないでぐずぐず寝床にいる様子などは、志賀直哉の処女作「或る朝」の主人公の信太郎の行動と全く同じであることに気づくはずである。「或る朝」の信太郎はほとんど志賀直哉の自画像と言ってよいので、「鳥尾の病気」の「私」は形式だけ木下利玄で、内実はほとんど志賀直哉自身である。性格的に気の長い木下利玄を語り手の「私」に仕立ててみたのだが、のっけから「私」には気の短い「鳥尾」、つまり志賀直哉の性格が入り込んでしまっている。だから、この「私」はまるで「鳥尾」である志賀直哉のように心を動かしてしまう。

神経衰弱らしい「鳥尾」を「私」は鵠沼でしばらく静養させようと思い、二人で汽車に乗るが、「鳥尾」は丸善で仕入れた「サロメ」を読み、興奮し始める。「私」が乗り気になれないでいると「鳥尾」は「私」をからかい始める。

又始まったと思ったが、こんな事で一々腹を立てていたら一日も一緒に居られないと思って私はなるべく軽く受け流して居ると彼は中々やめない。

仕舞には私の趣味が枝葉的でいかんというような事を云い出した。枝の先の露ばかりを面白がっているから、幹の趣味、根の趣味がまるで解らないのだと攻撃する。いう事は満更自分にとって無意味な事ばかりではないのだが、その云い方が何処までも毒々しいので、いくら病人だと思い直しても腹は立つ。私は黙って居た。

「鳥尾の病気」（＊18）（傍線は諸井）

ここで「私」と「鳥尾」の区別はなくなる。「私」はあたかも「鳥尾」のように腹を立ててしまうのである。主体である「私」と客体である「鳥尾」が混在してしまう。もちろん戯画化は成功していない。

夏目漱石の「吾輩は猫である」では主人公は明らかに作者漱石の戯画であるが、はっきり客体化され、猫の目を通して独立した存在の「苦沙弥先生」となっている。

志賀直哉の場合は、志賀直哉本人と木下利玄をモデルにして、さらに立場を逆に入れ替えても、あっという間に二つの立場が混在してしまう。志賀直哉の場合は自分の客体化を試みて自分の外部に視座を設定しようとしても、客体が主体の重力圏、小林秀雄の云う「ウルトラ・エゴイズム」から脱出できないのだ。つまり志賀直哉に明確な客体はない。客体と見えるものも、自分の重力圏内の表象でしかない。

志賀直哉の作品には「社会」が描かれていないと評されていたが、まずは「他者」がいないのである。

こうした主体と客体の混在はときどき奇妙な表現を招くことになる。

どうしてそんな物が外に出たかというと、十数年前、私は子供達の学校の都合で東京に越して来たが、自身は奈良に未練があり、持ち家に留守番を置き、毎夏、家族連れで帰るつもりだった。

「実母の手紙」(＊10)(傍線は諸井)

「そんな物」とは志賀直哉の古い日誌のことである。素人が一文を長く書こうとすると、こんな文章になりがちである。「どうしてそんな物が外に出たかというと」はどこにもつながらないで、宙にさ迷ったままなのだ。

ここでは、「そんな物」が「外に出た」理由が客観的に述べられ始めるが、その客観性は客観性のまま一貫せず、「帰るつもりだった」という「私」の主観に収斂してしまう。この作品は昭和二十三年作者六十五歳の円熟期に執筆されたものである。円熟期でもこんな素人のような文章を志賀直哉は平気で書いているのである。

皮肉なことに、その志賀直哉が、文法に従わない文章は駄目だと自身で述べている。

文法に従わない文章を書くことは不可なり。そういう文章を読む事は頭脳を浪費させる不快から堪え難し。
文法は（テニヲハは別として）一つの約束ではなく、もっと根本なものだ。文の構造が文法に合わないという事は文の約束を無視する事ではなく、頭脳の構造を無視する事だ。邪道だ。自分は文法を少しも知らないが、頭脳の構造には忠実に書こうとする。
「青臭帖」（＊5）

テニヲハを別としたら文法は文法ではなくなってしまうだろう、という揚げ足取りは置くとして、志賀直哉の言に従うならば、文法的に間違った文は、論理上間違った思索だ、ということである。だとすると、志賀直哉自身が論理上間違った思索をしているにもかかわらずそのことに気づかないでいることになる。

志賀直哉には、視線の転換のことで直に芥川龍之介とやりとりがあった。芥川と会って、芥川の「妖婆」に話がおよんだときのことを語っている。

二人の青年が、隠された少女を探しに行く所で、二人は夏羽織の肩を並べて出掛けたというのは大変いいが、荒物屋の店にその少女が居るのを見つけ、二人が急にその方へ歩度を早めた描写に夏羽織の裾がまくれる事が書いてあった。私はこれだけを切り離せば運動の変化が現れ、うまい描写と思うが、二人の青年が少女へ注意を向けたと同時に読者の頭も其方へ向くから、その時羽織の裾へ注意を呼びもどされると、頭の中がゴタ〳〵して愉快でなく、作者の技巧が見えすくようで面白くないというような事もいった。こんな欠点は私自身にもあるかも知れず、要らざる事をいったようにも思ったが、当時そんな事をおもっていたので、これも私は云った。　「沓掛にて」（＊19）

ここでたしかに志賀直哉は「要らざる事」をいったのである。同じような「欠点は私自身にもある」からである。

朝から暑い。外耳炎で病院に通っている娘と中筋町の母の家に行くつもりでいると、電話をかけなかったので、却ってむこうから孫二人を連れて遊びに来た。　「菰野」（＊10）

主人公が娘と「母の家に行くつもりでいる」ということだから、視線のベクトルは自然に母の家に向くのだが、ここに「電話をかけなかったので」と主人公の過去の行為、それも行われなかった行為にベクトルの方向が転換されるため、読者は一瞬とまどってしまう。「電話をかけなかったのはだれなんだ?」「どこにかけなかったのだ?」という疑問がかすめる。電話をかけなかったのは娘で、病院に治療にいけない旨の電話をかけなかった、というふうにも一瞬とれるからだ。次の「却ってむこうから」でベクトルの方向が元に戻るので、主人公が母親に「これからそっちに行くから」という電話をかけなかったのだ、ということが見えてくるのだが、一文の途中に過去向きのベクトルが挟まっているので、読者は一瞬混乱するのである。芥川に注意したのと類似の失敗を志賀もまたやってしまっている。

これと似たものであるが、次のことも指摘されうる。

或る晴れた静かな春の日の午後でした。一人の小娘が山で枯枝を拾って居ました。

「菜の花と小娘」(＊18)

作品の冒頭の部分である。作者は冒頭の第一文に「晴れた」「静か」「春の日」「午後」という強い指示性を持った言葉をすべて盛り込んでしまったため、短い文でありながら、単語同士が適切な居場所を求めてひしめき合ってしまった。その結果、窮屈なぎくしゃくした文になってしまっている。

志賀直哉は別なところで、自分は短歌が苦手で、おわりの部分まで来ると最初がなんであったか忘れてしまう、と語っているが、ここでは読者は「午後でした」まで来たときには、どんな午後だったか、ほとんど忘れてしまい、一文の最初から読み返すことになる。同じ程度に指示性の強い多くの単語を一文で網羅しようとしたからである。
文法的な間違いではないが、論理的に混乱している文章もある。

人の顔とか頭を殴った経験は私にはない。子供の頃、取組合いの喧嘩はしたが、そういうときでも、相手の顔や頭を殴った事はなかった。然し唯一度、人の頭を殴った事があって、余り面白い話ではないが、この話を書いて見よう。　「人を殴った話」（＊5）

これなどは読者が志賀直哉に対して寛大な気持ちを持たないと読めない。第一文も、第二文も人の頭を殴った経験がないといっておきながら、第三文で一度だけ殴ったことがあると言う。つまり、第一文と第二文は虚偽だったのだ。これなど、「志賀直哉」という肩書きで許されているが、新人作家にはとても書けない表現である。いずれにせよ文体が緩んでしまっている。
時制の混在してしまった文章もある。小林秀雄が「私小説論」で引用した有名な一節、志賀直哉が自分の作品集の「序」として書いたものだ。

夢殿の救世観音を見ていると、その作者というような事は全く浮かんで来ない。それは作者というものからそれが完全に遊離した存在となっているからで、これは又格別な事である。文芸の上で若し私にそんな仕事でも出来ることがあったら、私は勿論それに自分の名を冠せようとは思わないだろう。

「現代日本文學全集・志賀直哉集」序（＊32）

志賀直哉四十五歳の文章である。こういった表現はわたしたちの琴線に触れる。もっともらしいからである。

だが、この志賀直哉の表現を奇妙に感じないならば、それは論理的理性が鈍磨していることになる。なぜなら、救世観音の前に立っていて、作者のことが「全く浮かんで来ない」はずであるのに、「作者というような事」と書けるはずがないからだ。

もちろんこれは皮相な見方である。志賀直哉は救世観音を見たときにほんとうに作者の事など考えてはいなかったのである。ではいつ考えたのか。しばらく経ってからである。だが、そうだとすればそのように書くのが本来である。「夢殿の救世観音を見ているときには、私にはこの像の作者という事が全く思い浮かばなかった」と書くのがほんとうなのだ。事態は過去形で書かれなければならない。

救世観音を見ている状態を現在形で表現したにもかかわらず、時間が経過してから思いついた（あるいはこの文章を書くことになって思いついた）「作者」という想念を現在形の一文の中に混ぜ込んだため、時制が二重になってしまったのだ。

こうした大向こう受けの表現がうまれるのは志賀直哉の無意識に、読者に対してある種の優越性が潜んでいるからである。優れた自分が良いことを言っているのだから、読者は感心して耳を傾けるべきだと腹の奥の方で思っている。そして、もちろんのこと志賀直哉本人はそれに気づいていない。

考えればすぐわかることだが「作者というような事は全く浮かんで来ない」ようなことは、人が救世観音を前にしたときにだけ起こるのではない。誰であっても何かに夢中になれば、日常のどこにでも起こりうることである。そして、その時間が過ぎ去ったとき、あらためて作者を思い浮かべることもまた当たり前に起こりうることである。

厳密に言えば、人はある作品の前に立つとき忘我の状態ばかりになっているわけではない。忘我の状態は長くはつづかない。すぐに様々な想念が湧き上がってきて詳細な観察を始めたり、その作品の時代や背景についての思念が浮かび上がってくる。

志賀直哉は救世観音の出来栄えが「格別」であることを強調したかったのであろうが、いささか自らの文体の切れ味に溺れた感がある。

そもそも、志賀直哉が言うような、作者から「完全に遊離した存在」なるものは存在しない。どんなものでも、忘我の時間が過ぎ去れば、作者という意識が人には浮かび上がって来るからだ。自然の景色に対してさえ、「こんな美しい景色があるなんて、自然こそ創造神だ」と人は目の前に広がる自然の景色の創造者すら考えることができる存在である。

志賀直哉が夢殿の救世観音に対したとき、すぐには作者のことが考えに浮かばなかったのは、救世観音が傑作だからというより、むしろ作者が不詳だからである。たとえばあくまで仮にであるが、救世観音の脇に「運慶作」などと大きく書かれていようものなら「なるほど運慶は大したものだ」と作者を感嘆することになるに決まっている。

志賀直哉の作品は「少し精読し」ただけでも、こうした欠陥に多々出会うことになるのである。志賀直哉も精読してみれば、穴も多く、恐れ入るほどのものではないのだ。

それでも、本多秋五は「好人物の夫婦」（＊8）についてこのように語っている。

『好人物の夫婦』は、うまく書かれた小説だと思っていたが、読み返してみると、思った以上にさらにうまく書かれた小説である。冒頭の文句が殺人的である。
「深い秋の静かな晩だった。沼の上を雁が啼いて通る。」

たったふた筆で、寝静まった沼べりの村と、平和な家庭の空気とが、名画のように浮かび上がって来る。（＊22）

「好人物の夫婦」の冒頭は悪くはない。だが「殺人的」とはおおげさな誉め言葉である。第一、この家庭は必ずしも「平和な家庭」ではない。主人公の「良人」は相当程度、家庭内独裁者であり、わがままな人物である。物語もそれに応じて起きなくてもよい波乱が起きる。冒頭の二文はかえってこの作品から浮き上がってしまっているとも言えるほどだ。

志賀直哉だけがすぐれた冒頭文を書くのではないことは言うまでもない。念のため、「ふた筆」で書かれた他の作家の例をあげてみる。

さようでございます。あの死骸を見つけたのは、わたしに違いございません。

芥川龍之介「藪の中」（＊33）

囚衣を脱ぐ。しかし、着るものがなかった。

武田麟太郎「反逆の呂律」（＊34）

誰もが知っている有名な冒頭も「ふた筆」である。

吾輩は猫である。名前はまだ無い。
夏目漱石「吾輩は猫である」（＊31）

「ふた筆」どころではなく、たった「ひと筆」で雰囲気を作ってしまうものもある。

ある日あなたは、もう決心はついたかとたずねた。
倉橋由美子「パルタイ」（＊35）

いつもの匂いが、雪子の軀から立上がってこない。
吉行淳之介「不意の出来事」（＊36）

禿鷹の夢を見たというのである。
檀一雄「夕張胡亭塾景観」（＊34）

「ひと筆」の有名な冒頭もある。

桜の樹の下には屍体が埋まっている！
梶井基次郎「桜の樹の下には」（＊37）

メロスは激怒した。

太宰治「走れメロス」（＊38）

一文は長いが、「近代文学」創刊時、本多秋五の仲間の一人である埴谷雄高『死霊』（＊39）の冒頭は、日本最初の哲学小説の幕開けにふさわしい奇妙な不在感を漂わせたものである。そして、実はこれも「ふた筆」である。

最近の記録には嘗て存在しなかったといわれるほどの激しい、不気味な暑気がつづき、そのため、自然的にも社会的にも不吉な事件が相次いで起った或る夏も終りの或る曇った、蒸暑い日の午前、××風癲病院の古風な正門を、一人の痩せぎすな長身の青年が通り過ぎた。

青年は、広い柱廊風な玄関の敷石を昇りかけて、ふと立ち止まった。

文学作品は冒頭が命であるから、作家が冒頭に意を尽くすのは当然である。「好人物の夫婦」だけが白眉なわけではない。

本多秋五がなぜ「好人物の夫婦」のような凡作を「ごく上質の作品である」などと誉めるの

かといえば、やはり「小説の神様」という後光に照らして作品を読んでいるからである。

この作品は「好人物の夫婦」という題名からして的が外れている。この夫婦、「細君」は好人物でなくもなさそうだが、「良人」はとても好人物とはいえまい。意地の悪いことを云って細君を弱らせる自分の性癖についての自覚はあるが、自分では口先だけの意地の悪さで、本当に意地の悪い人間ではないと思い込んでいるふしがある。もちろん志賀直哉はこの「良人」を好人物だと考えている。こうしたところに、志賀直哉の感性の通常の水準からの逸脱がみられる。この「良人」はかなりな程度志賀直哉本人を彷彿とさせるから、志賀直哉自身は自分を好人物と考えているのであろうという推測が成り立つ。こういう自己評価が当てにならないことは、生活者なら誰でも知っている。近所の嫌われ者も案外自分は本当は良い人間だと思っているからだ。「俺は口は悪いが気持ちは優しい」がこういう人物の定番のセリフである。

この「良人」の「細君」に対する口の利き方はなかなか威張ったものである。自分の方が一段階も二段階も偉いと疑いもなく思い込んでいる。そんな読後感から振り返ると「好人物の夫婦」という題名はほとんど志賀直哉がイロニーで付けたとしか思えないのだが、志賀直哉はたぶん本気なのだ。

有産階級らしい「良人」がある晩、思いつきで旅行に出たいと言い出す。期間は半月から一か月程で上方から九州、そして朝鮮まで行くかも知れないと言う。「細君」は旅行してもいいが、浮気をしては嫌だと応える。「良人」は、それは保証できないと言う。それなら嫌だと「細君」は言い、そんなやりとりが繰り返されるうちに、「良人」は旅行はやめる、と言い出す。

翌日「細君」の大阪の祖母の病状が良くないという知らせが届き、「細君」の方が、家を長くあけることを心配しつつ大阪に向かう。一か月程「細君」は大阪に居り、やがて「良人」もる。大阪に出掛け、十日程夫婦は大阪に滞在してから一緒に自宅に戻る。祖母が回復したのである。だが、帰ってくると女中の「瀧」が悪阻らしいことに「良人」は気づく。そして、「細君」が留守にしていた一か月の間に自分が「瀧」に手を出したのだと疑われるに違いないと推測する。そこで、自分から言いだした方が良いと考え、「細君」に切り出す。


「おい」と良人は割に気軽に声を掛けた。

「何?」細君は艶のない声で物憂そうな眼を挙げた。

「そんな元気のない顔して如何したんだ」

「別に如何もしませんわ」

「如何もしなければいいが……お前は瀧が時々吐くような変な声を出して居るのを気がついて居るか?」

「ええ」そう云った時細君の物憂そうな眼が一寸光ったように良人は思った。

「どうしたんだ」

「お医者さんに診て貰ったらいいだろうって云うんですけど、中々出掛けませんわ」

「全体何の病気なんだ」

「解りませんわ」細君は一寸不愉快な顔をして眼を落して了った。

「お前は知ってるね」良人は追いかけるように云った。

細君は下を向いた儘、返事をしなかった。良人は続けた。

「知ってるなら尚いい。然しそれは俺じゃないよ」

細君は驚いたように顔を挙げた。良人は今度は明かに細君の眼の光ったのを見た。そして見ている内に細君の胸は浪打って来た。

「俺はそう云う事を仕兼ねない人間だが、今度の場合、それは俺じゃあない」

細君は立っている良人の眼を凝っと見つめて居たが、更に其眼を中段の的もない遠い所へやって、黙って居る。

「おい」と良人は促すように強くいった。

細君は脣を震わして居たが、漸く、

「ありがとう」と云うと其大きく開いて居た眼からは涙が止途なく流れて来た。

作品のクライマックスの場面だが、「良人」がほんとうに好人物なら、こんな展開にはならない。たとえば、こうなる。

「おい、最近瀧が悪阻みたいだが、知って居たか?」

細君は下を向いた儘、返事をしなかった。

「だとすると、どこかにいい男がいるに違いない。瀧に直接聞いてみて、なんなら添わせてやらなくてはならないと思うが、男の俺からは聞きにくいことだから、お前から聞いてもらえないか。そうすれば男のこともわかるし」

これで済む話である。「そんな元気のない顔をして如何したんだ」などと遠回しな話しぶりなど必要ない。クライマックスなど迎えなくてもよいのである。自分が手を出したのではないことが自分にはわかっているから、その自信が持って回った言い方をさせるのだが、ジリジリと心配に身を焦がしている「細君」に外堀から埋めるような迫り方はとても「好人物」のやり方とは思えない。

自分の亭主が女中の悪阻に無関係なことを知って、それまでの心配が杞憂だったことがわかりホッとした女房の心の揺れが伝わってくるわけだが、そこにいたるまでには、有産階級の好きなように旅行に出掛けられるお坊ちゃん「良人」の極楽とんぼぶりにうんざりしたり、家父長むき出しの時代閉鎖性に辟易しながら読み進めなければならないのがこの作品である。この作品は、苦心しながら宝箱にたどり着き、開けて見たところ、中には小銭が二、三枚転がっていたといった程度のもので、「ごく上質の作品である」などと持ち上げる本多秋五の評価の基準値は低すぎる、と言ってよい。

十四

ところで、志賀直哉は詩を苦手とした。

阿川弘之は志賀直哉のこんな発言を紹介している。

詩という形式はどうも性に合わぬ、妙に気取っているように思われて仕方ない。素朴にいわれゝば感心出来る事が、気取っていわれるのでマトモに受取りかねる。詩は美しさをともなうものという概念のようなものが自分に邪魔する。

志賀直哉が「拵《こしら》え物」を嫌っていたことは有名だ。詩の描写に「気取り」を感じ、詩を拵えたものであると考えたのである。「素朴」な表現を志賀直哉は尊重した。

志賀直哉の文体の特徴は接写した表現にある。その視座は基本的には主人公の目である。私小説が志賀文学の主軸であるから、多くの作品で作者・語り手・主人公は一体化している。作者は対象を鳥瞰的には眺めない。対象を鳥瞰的に眺めることは対象と距離を取ることになるからである。志賀直哉にとって対象と距離を持つことは、きれいな飾り言葉が使われる隙間を自分と対象との間に作ってしまうことにつながる。つまり、「詩」の「気取り」のようなものを自分の作品に与えてしまうことである。それは、「嘘のつけない」志賀直哉には耐えられなかった。

ちなみに阿川弘之は、志賀直哉が自分の三人の娘に対して、文章を書くときにはなるべく形容詞を少なくせよと教えていたことを紹介している。そのため女学生だった志賀の娘たちの作文はクラスメイトのきれいな言葉がちりばめられてある作文に比べて「ひどくぶっきら棒なもの」だったという。

志賀直哉は対象に接近して詳細にそれを写し取ってくる。つまり、その表現は「描写」ではなく、「説明」というべきものになる。「描写」するためには作者は対象と距離をとらなければならないが、志賀直哉の文体は対象を接写したものであり、対象との間に距離がないため「描写」が不可能なのだ。通常、作者は対象と鳥瞰的に距離をとることで、読み手を念頭に、語り手あるいは主人公に語らせることができる。

志賀直哉の場合は作者と語り手あるいは主人公との間にほとんどすきまがない。だから、「描写」の構造がとれないのである。そこで志賀直哉の文体は「説明」あるいは「克明な説明」となる。

「しかし祖母の肉体もいよいよこわれ物らしくなったという気がなんとなくさびしい気をさした」（「和解」）と表現できればそれでよいのである。どんな風にさびしかったのか、たとえてみればどんなさびしさだったのか、などはどうでもよい。仮に「心に小さな穴が開いて寒い風が吹き抜けていくような気がした」などと表現することは、志賀直哉にとっては余計な飾りであった。

たとえば「私」が長い距離を歩いて疲労したとする。それを「私は足が疲れた」と書けば足の状態をそのまま「説明」したことになる。だが、その状態をより体感的に読者に伝えたいときには「私の足は鉛のように重かった」と表現することになる。これは「描写」である。

「説明」は語り手からの直接の表現であるが、「描写」は語り手の外部に読み手を想定し、その読み手がより感覚し得るよう加工された表現である。相島種夫は大正六年の書評で「志賀氏の短篇は描くというよりも、多く語るという形式である」と言っている。相島も志賀直哉の作品の特徴に気づいていたということである。

墓地の区切れ目に、大きな銀杏が一本空を隠すように立っていた。その下へ来た時、先生は高い梢を見上げて、「もう少しすると、綺麗ですよ。この木がすっかり黄葉して、ここいらの地面は金色の落葉で埋まるようになります」と云った。（＊40）

夏目漱石『こころ』の一節である。ここで、作者は場面を説明しているのではない。場面を描写しているのだ。語り手は、銀杏が一本空を隠すようにたっている様子と「先生」の話す言葉を語る。その時、作者はどこにいるのか。語り手の語りを統御する位置、登場人物だけでなく、読み手も視野に入れた鳥瞰的な場所にいる。

作者は語り手から離れ、作品全体を視野に置き、その地点から語り手にこの場面を語らせている。作者は鳥瞰的な位置にいる。作者は語り手を通してこの場面を描写しているのである。

志賀直哉の作品では記述は次のようになる。

生駒山の方はよく晴れていたが、東の方は真黒に雲が蔽い被さっていた。前触れの強い風が木津川べりの広い竹林を上から圧しつけるように吹いた。

「菰野」

然し麓の村は未だ山の陰で、遠い所より却って暗く、沈んでいた。謙作は不図、今見ている景色に、自分のいるこの大山がはっきりと影を映している事に気がついた。影の輪郭が中の海から陸へ上って来ると、米子の町が急に明るく見えだしたので初めて気付いたが、それは停止することなく、恰度地引網にように手繰られて来た。

「暗夜行路」

ここでは、情景を主人公が「描写」しているように見える。しかし、ほんとうは目にした情景を克明に「説明」しているのである。情景が緻密なため、一見描写のように見えるが、むしろ、ここで作者は直観像として脳内に映し出された映像を順序立てて緻密に「説明」している。

志賀直哉の場合、語り手は主人公とほぼ重なっている。主語は「謙作は」と第三者表現ではあるが、「私は」と言い換えてもほとんど同じである。では、作者はどこにいるのか。作者は語り手とほとんど重なっている。

語り手は表現すべき対象（ここでは情景）を選択する。そして選択したその対象をその密着感を手放さないまま克明に「説明」する。志賀直哉の作品から読み手が作者の心の波動のようなものを感じるとすれば、ほとんど一体化した作者・語り手・主人公の自我意識がその緻密な「説明」を通して読者に直に届くからである。

私は此処で出来るだけ簡素な暮しをした。人と人と人との交渉で疲れ切った都会の生活から来ると、大変心が安まった。

「濠端の住まい」（＊19）

私はこの書で自己弁護をするつもりは少しもない。寧ろ私はこれで自分を本統に非難出来れば却って心が定まるかも知れない。

邦子は最初から気の毒な女だった。

「邦子」（＊19）

これが志賀直哉の本来の文体である。「描写」ではなく「説明」の文体である。

志賀直哉の文体について、尾崎一雄は次のように語っている。

近所に住む中年の、詩や短歌や書も一寸やるというディレッタントー戦災による東京からの疎開者だが、この人が「志賀直哉の作品を読むと、文章なんか俺にも書ける、という気がして来る。ところで、やってみると、どうも、ああいうふうにいかない、どこか一寸違うのです、おかしいですよ。」というようなことを云った。
どこか一寸違う、おかしいーというのが、私にはひどく可笑しくて大笑した。私など、その、「どこか一寸違う」という奴の素性をつき突めようと、三十年もかかっているのだ。

「志賀文學と太宰文學」

最初に指摘しておくべきなのが、この引用した尾崎一雄の語り口である。尾崎はここで、志賀直哉の文体の独特な持ち味について説明しているわけだが、証言者の役回りで、あるアマチュアを引っ張り出している。そして、そのアマチュアは「戦災による東京からの疎開者」として紹介される。さらに「中年の、詩や短歌や書も一寸やるというディレッタント」だというのだ。これは不要である。「中年の、詩や短歌や書も一寸やるというディレッタント」と紹介されたのではこの証言者は立つ瀬がない。

ここで尾崎一雄は、師である志賀直哉の文体に似せて、証言者について事細かに記述している。だが、「ディレッタント」などという紹介は読み手にとっては全く必要のないことで、こんな紹介の仕方をされると、尾崎一雄はこの人物に個人的に悪意でもあるのではないかと、読者に余計な想像をさせてしまうことになる。尾崎とこの人物の個人的な関係がどうであろうと、読み手にとっては無関係な話で、個人的な関係を匂わせるような記述の仕方は当然ながら避けた方がよい。志賀直哉ばかりに緻密に、克明に説明すればそれで良いというわけではないのである。

付け加えておけば、尾崎一雄の志賀直哉に対する距離の取り方は初っぱなからつまずいている。

尾崎一雄の「芳衛兵物語」（＊41）を読むと作者の勘所の押さえ方のまずさが明らかである。主人公は売れない新人作家の「多木太一」という名の、師である「多賀直義」を精神的支柱にしているだけでなく、経済的にも世話になっている三十男である。物語の終盤、主人公の独白はこうである。

ところで問題は、俺自身の仕事だ。先生の前に持ち出されるようなものが、いつになったら書けるか。原稿を見て貰うわけではないが、活字になって、先生の目に触れた場合を思うと、身体がすくむ。ああ、多賀直義何者ぞ、と思えたらどんなにいいか。いや、そう思うのが、俺にとっては最上の方策かも知れないぞ。とは云え、何の足がかりも無い俺に、どうしてそんな信念が有てようぞ。――。

「多木」は「多賀直義」に恐れ入ってしまっているので、むしろその桎梏《しっこく》から逃れたい気分にすらなっている。だが、「多賀なんぞ、どうでもいい」という思い切った「信念」はとても持てそうにないままでいる。

　多木は、水稲荷の岡に高くそびえた銀杏や松の巨木を眺めているうち、ふと、こんなことを思った。

「松や銀杏のような樹もある。この小さな庭の隅に生えた南天ややつでのような木もある。それぞれの木が、それぞれの延び方生き方をしている。彼らは、皆、自分らしい生き方をしている。それぞれの木として、せいいっぱいの生き方をすれば、それでいいのだ。
―多賀直義は、きっと松なのだろう。そして俺は―やつでぐらいか」

　多木は、諦めとも気負いともつかぬ、不思議な、感動に打たれた。

「多木太二」であろう尾崎一雄の、「多賀直義」であろう志賀直哉への屈折した憧憬が描かれている。同時に、尾崎一雄の「弟子」としての心得が初っぱなでつまずいていることがよくわかる場面にもなっている。

　どのような道においても、弟子の心得の基本は「師の跡をもとめず、師のもとむるところを求めよ」である。尾崎一雄はそうではなく「師の跡」ばかりを追っている。はじめから位負けしているのだ。だから、「不思議な、感動に打たれた」といいながらも、相変わらず「多賀直義はきっと松」で「俺は―やつでぐらい」といったいじけた気持ちを引きずるのである。自分をいつも志賀直哉と比較しているのだ。

ところで、志賀直哉の文章を読むと、「中年」の「ディレッタント」な「疎開者」でなくとも、自分にも書けそうな程度のものに思えてくるのは確かである。

遠い所へ出かけるにしてはおそ過ぎたし、殊に日曜で電車のこむことを考えると、自分からいい出した事が面倒くさくなった。第一、うまい所が浮かんで来ない。

いい天気で何所か田舎へでも誰れかと遊びに行きたいと思っていた所に父が大井村の土地を見て来てくれという、武者を誘って行く。

前のものは、昭和八年の「日曜日」（＊10）という小説の冒頭部分で、このとき志賀直哉五十歳。後のものは、明治四十三年二月八日の志賀直哉二十七歳の日記（＊14）である。

登喜子と云い、電車で見た若い細君と云い、今日の千代子と云い、彼は近頃殆ど会う女毎に惹きつけられている。そして今は中でも、そんなことを云ったというお加代に惹きつけられている。

急に峯に会いたくなる。早速電話をかけて行く。近頃峯の事が頭について苦しみが段々つよくなるよう感ぜられた、本統の恋かしらと疑っても見た。自分は此苦痛は無益な事と思う。

同じく前が「暗夜行路」の第一部で作者三十八歳の頃。後が明治四十三年一月九日、作者二十六歳の日記（＊14）である。五十歳の小説と二十七歳の日記。あるいは三十八歳の小説と二十六歳の日記。この二つを並べてみると改めて志賀直哉の文体の特徴が見えてくる。つまり、志賀直哉の文学作品は、自身の日記とほとんど変わらない文体だということである。作品として多少の身繕いをしたとしても日記の延長を出ない。これは日記すら文学的に書かれているということではない。文学すら日記的に書かれているということである。つまり誰にでも書けそうに思わせてしまう文体なのだ。

太宰治は「如是我聞」（＊42）で「日常生活の日記みたいな小説」と志賀直哉の作品を「アマチュア」扱いしているが太宰の指摘は当たっていたわけである。

志賀直哉は対象を緻密に、克明に説明する。志賀にとっては日記も作品も克明に記述する点では同じであった。

だが、自我の重力圏が異常に強度な志賀直哉の視線は、外部に向けられても、自己の重力圏を離脱しない。物語を構成することは本質的に不可能である。かえって物語の構成はわざとらしい「拵え物」に感じられてしまう。文体でいえば「描写」は不可能となる。視線は視界の範囲内の物象・事象の上を虫のように這って説明して回る。それが、志賀直哉にとって唯一嘘のない表現であるからだ。

機嫌の不安定を抱え、外界と不調和の関係にある不穏な重力圏から見た対象や事象を克明に説明する語り口が志賀直哉の文体である。これは真似しようにも誰にも真似できなかった。

そして、その分、志賀直哉の文体にはゆとりがなくなる。切迫した緊張感はリズムを持つがそこにのびやかさはない。

さらに、強い重力磁場をもった志賀直哉の自我はその文体から「哀感」を欠落させた。志賀直哉の作品には太鼓を叩いたときのような強弱のリズムはあるがメロディが流れないのである。

人間の感情は俗に「喜怒哀楽」といわれるが、その「哀」にあたる情緒・情感が志賀直哉の作品からはすっぽり抜け落ちる。主人公や登場人物は、うれしがったり、怒ったり、あるいは楽しんだりはするのだが、「哀しみ」の感情は持てない。

瀧井孝作「無限抱擁」（＊43）には、主人公が吉原の「松子」という女を見そめて、その思いを俳句の先生と語り合う場面がある。


「君の考をきいて見ようと思っていたが。女は何んな人なのだ」

彼は縁端に横座りでいた。

「正直な素直な。あゝ云う場所にいてそれが染ていないのです」

「女の態度に技巧は見えないのだね」

彼は点頭いた。

「で君は、その人でなけあ、ならぬのか」

「自分の仕事の上からも、ぜひ必要なのです」

「それで」

「女はもう二年程居れば出られるのです。その間一切逢わぬことにしようか、とも考えて居るのですが」

「君は不安はもたないかね」

「大丈夫と思います」

先生は色々にたずね、彼は自信づよく女の方も確かであると述べた。
「これから辛いよ、そう思えるがね」
「えエ」

主人公と「先生」の会話の背後には静かな時間と微かな哀しみの情感が流れている。吉原にいる女と主人公の関係がこれからの二年間でどういう不幸に陥ちこむか分からないという予感の哀しみというより、一人の男が一人の女と一緒になろうとするときに流れる、恋愛感情を契機に浮かび上がる生自体の哀しみのようなものである。

志賀直哉の作品にはそうした哀感が欠落している。

作品「大津順吉」で、主人公は雇い人である「千代」を見初める。そして、次第に気持ちが募ってきて自分の気持ちを告白する。

私は何にしろ千代が私をどう思っているかをはっきり知らずにこんな事を考えていても仕方がないという気がした。若し千代に約束した人とか好きな人とかがあれば自分は一も二もなく念い断って了おうと思った。私は千代にそういう人があってくれればいいと思う心さえあり得たと思う。若し千代に許嫁があると云う事であったら、私は失望しながら喜んだかも知れなかった。

函根から帰った翌々晩、私は千代を部屋に呼んで、自分が愛しているという事を話した。然し決して熱烈な愛という程度のものではないという事をも話した。

私は縁側へよった隅の机に背をつけていた。千代は次の四畳半から敷居を越した所にかしこまって坐っていた。

私は結婚の事は一ト言も云わずに千代がどう自分を思うかを尋ねようというつもりであった。私はまわりくどい、自分でもよく分らない事を切りにいっている。それが、自分の思っていることはすっかり云わずに先方の思っていることをすっかり聴こうという様なずるい態度であった。その内に自分でもそれがみにくくて〱堪わなくなってきた。

千代は想っている、然し想っても、どうにもなりはしないから諦めている、という意味の返事をした。

其処で私も何も彼も露骨に訊いて了おうという気になった。

「約束したとか、愛してるとかいう人はないのか？……悪い事でも恥しい事でもないんだぜ」

「ありません」千代は真面目腐った表情をしていた。

「そんなら、若し乃公が結婚を申し込んだら貴様は承知するか？」

「…………」千代は一寸驚いたような顔をして黙って下を向いて了った。

「返事は何時でもいいぜ。一週間でも十日でも考えていいぜ。只自家の人に相談して決められちゃあ困るんだ。お前だけの考が聞きたいんだ」

私は「若し申し込んだら」と或場合として初めは話した。が、事実はその儘申し込んだ事になっていた。千代は最初「身分が……」というような事もいった。それは私は諾かなかった。私はいつか興奮していた。

ここで作者は、千代と言葉のやりとりをするときの主人公の気持ちの一瞬一瞬の動きを偽ることなく、あくまで正確に記述しようとしている。駄目なら駄目でもよい、といった気持ちと出来るものなら成就したいという気持ちの境目で揺れる主人公の心の動きを、醜さに気づいたら、そのことに気づいたことすら漏らすことなく記述しようと心掛けているのだ。むしろ、ここではそうした作者の心掛けこそが、あたかも作品の主題であるかのように作品の表面に浮かび出てしまっている。作者の強固な自我は、男と女の間に情緒や情感を生じさせるのではなく、場面の詳細な説明に終始するのである。

正直に書き込もうとするリズムは緊迫しているが、そこからメロディは聞こえてこない。男と女が出会うときの抒情はどこにもないのである。

そもそも大津順吉のこのときの感情は「恋心」であるかどうか。むしろ、どこかの裕福な旦那が気に入った娘を見つけ、自分の囲いものにしようとするときの気分に似たものではないか。

志賀直哉の文体を聴覚的に、たとえば音楽でいうなら、太鼓やドラムにたとえることができる。対象を緻密に説明しようとする作者の緊張感がリズムを読み手に伝える。

そして、このドラムのような文体は同時代の繊細なメロディを身上とする多くの作家を結果的になぎ倒すこととなった。

芥川龍之介が志賀直哉にある種の羨望をいだいていたことはよく知られている。龍之介が師である夏目漱石に「志賀さんの文章みたいなのは、書きたくてもかけない。どうしたらああいう文章が書けるんでしょうね」と聞くと、漱石は「文章を書こうと思わずに、思うまま書くからああいう風に書けるんだろう、俺もああいうのは書けない」と応じたという。

芥川龍之介のような繊細な文体は、志賀直哉のドラムソロのような強固なリズムの前では、いささか身をすくませていたのである。

ただ志賀直哉は本質的に短編作家である。ドラムソロは長編に耐え得ない。中村光夫が「暗夜行路」を「このほとんど非文学的と形容したい長篇」と批評する根拠もここにある。リズムはあるが、メロディも、その変奏の波の大きなうねりも拒絶した作品がそこに孤立している。

昭和十三年「早稲田文学」で三波利夫は、自分は「暗夜行路」に完全に圧倒された、としながらも「だが私は最後にただひとつ、志賀氏への不満として書き残すことがある。それは、この作品に於ける音楽的感覚の欠如である」と批評している。（＊44）

志賀直哉の文体を視覚的にとらえたらどうなるかは、阿川弘之が評伝で生島遼一の意見を紹介している。

河盛好蔵の直話によれば、河盛の友人、フランス文学者の生島遼一は、志賀直哉の作品を認めていなかった。何処が面白いのか分らない、長い間そう言っていた。それがある時、忽然としてその味わいに気づき、「これは絵じゃなくて書だ、小説というものをずっと絵として見て来たが、書と思って読んだら初めて面白さが分った」と告白した由だが、これなども「山鳩」の出現が一つの契機になっているのではないかと想像される。

志賀直哉の小説が絵画ではなく「書」に比喩されている。意味ありげな言い回しになっているが、わかりやすく言えば、志賀直哉の小説は小説として読まずに、随筆として読んでみれば、随筆としては（筋立てもあるから）面白いというだけの話である。

とはいえ、志賀直哉の文体を礼賛する評者はいる。たとえば、高井有一は「豊年虫」（＊19）

を志賀直哉作品の代表作にあげ、こう述べている。

時間はきわめて緩慢に進行して、一日がなかなか暮れない。通りがかった神社の森が大きなドームのようになっていて、老人二人の話す声が響き渡る。一つ一つの小さな挿話が、すべて生きて、読む者の感覚に染みて来る。今はもうすっかり使われなくなった言葉だが、「描写の冴え」とはこういうものかと思わせられる。

「美しい晩年」（＊23）

この場面、原文ではこうである。

更級神社。松杉の大きな森に被われた広い境内に縁の無闇と高い本殿と、七八間へだたって本殿よりも大きな拝殿を持った社だ。

曇った静かな夕方だった。本殿の左側の御礼を売る所には顎ひげだけある神官らしい老人と、もう一人の老人とが、向い合って煙管で煙草をのんでいた。私がそっちを見ながら行くと、老人達も黙って此方を見ていた。森は北から南へ真直ぐに一筋の道があるだけで、道以外は木に被われた薄暗い中にイタ〳〵草が三尺ほどの高さで一杯茂っていた。霧というほどではないが、木の高いところは水蒸気に包まれ、ぼんやりしていた。総てが灰色で、恰も夢の中の景色だ。向い合って黙って煙草をのんでいる二老も如何にも夢の中の人物らしかった。そんな事を考えながら十間ばかり来た。その時私は突然背後から大きな聲で怒鳴られたように感じ、吃驚して立ち止った。

「今年の祭には……」こんな事をいっている。今まで黙っていた二老人が、話を始めたのだ。それが大きな森に響き渡った。森全體が大きなドームのようになっていたからだ。

散歩の途中の一こまである。

贅肉が削がれ、たしかな言葉で刻まれた表現になってはいる。だが、主人公の意識は妙に研ぎ澄まされている。外界の何かにただちに感応しそうな気配が伝わって、読み手に微妙な緊迫感を与えてしまっている。いつなんどき主人公の気分が「不愉快」に転じるかわからない綱渡りの文体なのだ。「描写の冴え」というより、むしろ「意識が毛羽立っている」文体というべきであろう。

リズムはあるがメロディの乏しい志賀直哉の文体を仮に味覚で喩えれば、鶏のササミである。それ自体はパサパサしており必ずしも美味とはいえない。「小説の神様」といったダシ汁が加味されなければならない文体である。

志賀直哉が「小説の神様」と呼ばれるようになった経緯はつまびらかではないが「小僧の神

様」がひとひねりされたものだと今日では流布されている。「白樺」でのデビュー以来、少しずつ知名度が高まり、やがて「小説の神様」、そして「文豪」へと評価が馳せ昇っていった。

十五

岩波書店版『志賀直哉全集』の「月報」に、同時代の批評が掲載されている。ここでは、それを参考に、志賀直哉の初期から晩年までの評価の変遷を追跡してみる。

「網走まで」　明治四三・四・二三『二六新報』　有秋生
素人離れのせぬ処に可愛らしい処がある。閑がある人には慰みにこう云うものを書くのも好かろう。

「網走まで」　明治四三・四　『文章世界』　鰓生
筆も意の往く儘に動いているという概がある。けれども、一篇の中心となるべき作者の批判というものが全く欠けているようである。旅行記の一節と見ても、一篇の写生文と見ても、面白い出来であると思うが、小説としては未だしという観がある。

「網走まで」　明治四三・五　『ホトトギス』小宮豊隆

此小説を読んだら、いゝ気持であった。デリケートな上品な処が目につく。一寸したスケッチ風のものに過ぎないが、何んとなくゆったりしたものである。（略）文章も巧いようである。

「剃刀」　明治四三・六・二三　『国民新聞』霹靂火

詰らぬ破局を出す為めに極力脚色を其処へ運んで往くのが痛く態とらしく事実が砕れて居ぬ。

「剃刀」　明治四三・七　『ホトトギス』阿部次郎

白樺では志賀直哉氏の「剃刀」が優れていると思う。腕のいゝ、神経の強い、辰床の辰三郎が熱のある身体を推して客の顔に剃刀を当てる迄の径路は極めて自然に書かれている。併し最後の咽をグイとやる処になって全く力が抜けて描写の方が若者よりは先に死んで了っている。

デビュー直後の志賀直哉評である。新人に対する評として妥当なものである。毀誉褒貶も一般的である。当然のことだが、後年の「文豪」を予見したものは一人もいない。

「濁った頭」　明治四四・四　『文章世界』前田晁

志賀直哉氏の「濁った頭」というのを私は此の四月のあらゆる創作の中で一番面白く読んだ。形式にはわざらしい《（ママ）》所もある。突き離して観るという所にもまだ至ってはいない。併し、興味のこの作ほどに充実したものは外に見当らなかった。

「不幸なる恋の話」　明治四四・一〇　『三田文学』白樺

割合に纏まった印象を得らるゝ作品である。氏の作を読で見るといつでも作者の事物に対する感受性が或一方に非常に鋭敏に働らいて居る時には他の一方が全く痴鈍になりお留守になり果てゝ居ることを発見する。作中主人公の態度が或事物に向っては殆ど直覚的発作的と云い得る位強く急激である時他の事象に対しては実に無感覚の有様である。一言に云えば力があって間が抜けて居るとも云うべきである。

「不幸なる恋の話」等　明治四四・一〇『文章世界』増刊　XYZ
『白樺』の作家は随分多いが中でくっきりと際立った技倆を示しているのは志賀直哉氏だ。『剃刀』、『濁った頭』そういう作品が公けにされた当時の文壇を騒がしたのは誰も知っていよう。

「老人」　明治四四・一一・一八『時事新報』　月旦子
「老人」はまた志賀直哉氏が「白樺」で発表したもので、簡勁な、侮りがたい筆つきに、緊切な感じが溢れていて、僅々六ページの中に描かれた事象ながら、吾儕の胸臆に響くものがいとゞ多い、佳作として推すに足る。

「老人」　明治四四・一二『早稲田文学』
どう云う方面にかけても気が若くて精力の強い老人の、女に対する心持や、老と云うもの、自覚の悲哀や、さてはその淋しい諦めのうちの消極的ながら落ち着きのある生活享楽の心持等を内外両面から描いたもので、僅かに六頁の短篇でありながら、割合に複雑な人生の味を味わせる作品である。その緊縮し充実した描写が、此の作者の技倆の豊かさを示して余りある。一寸読むと何でもなく物語られたようであるが、注意して見るとなかなか鋭い観察眼が至る処にくばられて居る事に気がつく。キビ々々した気持の好い作品である。

評価が少しずつ好転している。〈形式にわざとらしさがある〉などの批評もあるが、〈多くの作品の中で一番面白い〉〈佳作として推せる〉〈気持ちの良い作品だ〉など、好意ある評が定着してきている。

「祖母の為に」　明治四五・二『新潮』　弾正台

志賀直哉の『祖母の為に』は、之れも一種病的な心理が書いてある。そして、其の病的な精神作用が、偶然にも実際とぴたり合うような結果になった。（中略）それで、中々器用には書けて居るが、本当に病的だと読者に感じさせる力がない。之れは、作者がそうした経験を自ら嘗めて居ないで、想像で拵えた病的な精神だから、それで我れ〱の胸に迫って来る力がないのだと思う。

「母の死と新しい母」等　明治四五・三『早稲田文学』　加能作次郎

「白樺」では園地公致氏の「駿馬」、武者小路實篤氏の「ある兄の返事」、志賀直哉氏の「思い出した事」とを読んだが、何れもたいしたものではなかった。（中略）

「思い出したこと（ママ）」は、芝居を観てそれから自分の祖父が冤罪を蒙って、長く未決監に幽閉されて居た時のことを想出して、共時の事情を書いたものだが、たゞ事実を語ったに過ぎない。（中略）志賀氏の「母の死と新しい母」は、「思い出した事」よりはずっといゝ作であった。初めの方の母の死ぬあたりは、簡撲な飾らぬ筆付で、よく其の光景を現わして居る。母が懐妊した報知を得て胸をワク〳〵させて喜ぶ所など、正直な初心な感情が出て居る。（中略）

新しい母が出来て、其母に対する心持や、又後妻や父の小さいながらにも小供に対する一種の遠慮や懐けようとする心持は、型におちないで、よく観てあると思った。只だ描写がいくらか不十分であった。

（以上月報1による　＊45）

評価は通常である。良いと思ったところが誉められ、不足な点が批判されている。ただ、次第に作家としての地位を確立し始めていることがうかがえる。

「大津順吉」　大正元・九・一二　『読売新聞』本間久雄

志賀直哉氏の「大津順吉」（同上）は随分の長篇である。が、読み去って後の印象は甚だ纏りのない、朦朧たるものである。これは作者の描いた人生そのもの、換言すれば作者の観照した人生そのものが纏っていない、ばら〳〵になったまゝのものであるからである。尤も、事件などは随分細かに描いてあるが、徒らに、何もかも最大漏らさず外面的に直写するということの誤れるスード、リアリズムであることは今更ら云う迄もあるまい。（中略）現在のまゝの「大津順吉」からは自分は何等印象の的確をも鑑賞の充実をも得られない。

「大津順吉」　大正元・九・二四『時事新報』　月旦子

直哉氏の「大津順吉」は、なにがしの私設鉄道会社に重役たる人の子で、富裕な家庭に我儘に育った一青年の、生ぬるい基督教徒だった時代と、烈しい、棄身に迄なった恋の一面とを描いたもので、家庭と境遇と出来ごとゝによって、多少ずつ移りゆく其性情なり気分なりが、如何にも自然に、ソツなく描かれておる、夫にこの作家は、前よりも落着きが出来て、筆も充分に扱されて来た。

志賀直哉のそれまでの中では最も長い作品「大津順吉」の批評である。事件は詳細に描かれているが細大漏らさず外面的に直写することへの批判が述べられている。反対に、次第に作家として落ち着きが出て来たとの評価も下される。

大正二・七・七　『時事新報』　夏目漱石

『留女』

此春病気にて志賀直哉氏の『留め』を読み感心致して。其作は作物が旨いと思う念より作者がえらいという気が多分に起り候。斯ういう気持は作物に対してあまり起らぬものに候故わざ〳〵御質問に応じ申候。

夏目漱石がここで従来なかった論評をする。作品云々ではなく、作者自身について評価するのである。「作者がえらいという気が多分に起り候」という評価は今までの志賀直哉批評にはなかった観点である。今までは作品評であった。漱石のこの評価は人物評として志賀直哉に自信を与えたに違いない。

そして、この評価は夏目漱石の批評ということで、読者の視線を作品ばかりではなく、志賀直哉という作家、人物に向けさせることに一役買うことになった可能性が極めて高い。漱石は志賀直哉の人格を人徳として直接的に「えらい」と評したわけではもちろんない。作品を通して、作品の向こうに感じとれる作者の立ち姿について感じた力強さを評したのである。だが、この漱石の評価で、作品ばかりではなく、作者について、その人物評の扉が開かれたことは間違いのないことである。これ以後、評者は志賀直哉の作品評だけでなく、作者の人物評にまで筆を進めることが遠慮なく出来るようになった。

「佐々木の場合」　大正六・六・七　『東京日日新聞』　松原十束

エゴイストではあるが気持のいゝ所のある佐々木が、青年時代の恋の犠牲に対する一切の責任を引き受けようとする優しい而して眞面目な心持を描いたもので、相当に試みられている技巧も些の厭味がない、佐々木の率直にして他の迷惑を顧みざるエゴイズムと、一面にその犠牲に対する責務観念が気の弱い女と対照して面白く描かれている。私は元来この作者の作は好きであるが、殊に濫作をしないで折々意義のある作を少しずつ発表して行くことを甚だ喜ばしく思うのである。

「好人物の夫婦」　大正六・九　『早相田文学』　高臺生

志賀直哉氏の『好人物の夫婦』も面白かった。いつか同じ雑誌に載った有島武郎氏の『平凡人の手紙』が平凡人を口ぐせに云っている非凡人であったように、この『好人物の夫婦』も、少くも夫だけは好人物でなくて寧ろ多少意地のわるい非好人物であったように思われる。それはどうでもよい。今までそうだとばかり思っている妻君が夫から下女の妊娠が自分の所為でないということを打あけられて、思わずほろりとするあたりは流石に人生の機微を囚えたと思わせせる。一体にコンデンスされたこの作者の文章にも甘みがある。

「大津順吉」　大正六・九『新潮』　相島種夫

第二の作品集『大津順吉』を通読して見た。以前発表当時に読んだものもあるが、今こうして一纏めになったものを繰返して読んで見ると、更に感ずるところが深い。日本全体の文壇に求めて見ても志賀氏位作家らしい風格を備えた人は少い。今の所志賀氏を指して或は短篇作家としての卓越した才能を有する日本文壇の唯一の人というも敢て過賞ではないように思う。志賀氏の短篇は描くというよりも、多く語るという形式である。けれどもその語る形式に依って描くより以上の効果を収めている。語り乍ら而もそれが描いたより以上に明瞭な、完全な形を以て再現せられている。この手腕は到底凡手の及ぶところでない。而も志賀氏が芸術家として、其至高の境地に到り得ているのは、決して修養や努力のみの結果ではない、志賀氏の天質其物が自らその堂に入っているのである。（中略）「正義派」「児を盗む話」などは、志賀氏の作中に在って傑出したものであるばかりでなく、日本人の生んだ芸術の中最も誇るべきものである。

「和解」　大正六・一〇・一〇『東京日日新聞』　十束浪人

黒潮 十月の誌上に掲げられたる小説「和解」（志賀直哉）は近来余り多く見ざる労作で、氏がこれまで発表した幾篇かの創作の中に於てその何れと比べてもこの作が決して見劣りのしていないのみならず多大の努力の跡を窺うと共に芸術的価値の充分に味わるる作であることを断言するに少しも憚らぬのである。（中略）
私は可成長い而して可成複雑な題材をかくまで緊張して少しも弛みのない筆で而も聊かの無駄もなしに書き終せたこの作者の態度と手腕とを羨まずにはいられない。

大正六・一〇・二五　『読売新聞』　近松秋江

「和解」
江口渙氏や小宮豊隆氏などによって盛んに好評を博せられつゝあるのを見て、私も志賀直哉氏の「黒潮」十月号に書かれたる『和解』というのを拝読してみた。志賀氏の物はずっと以前折々拝見して感服していた。で『和解』を読んで見て大分予期を裏切られたような心持がした、それは江口氏が注意せられたように、必ずしも此の作に志賀氏平生の技巧を求めて得られなかった失望の為めではない。暫らく技巧の事はさておき、『和解』という以上は、父君と和と称する筆者との不和を意味している。その不和が遂に和解するに到る経緯を書かれているのが一篇の趣向である。然るに私は此の作を読みつゝさて〳〵贅沢なる不和であり和解であると思った。（中略）

今『和解』の筆者は、父君と常に不和の状態を持続しながら、吾々から見て、先ず思うに任す何の不自由なき生活の資本は「麻布の家」から貢がれていることを洞察するとき、「何の事だい、笑わせやがある!! 不和が聞いて呆れらあ、和解は初鼻から出来ている。」という心にならしめる。従って此の『和解』一篇、江口君や小宮君などの感佩せらるゝほどは私などには痛切な感動を与えないのである。

「和解」　大正六・一二『新潮』　江口渙

「留女」一巻に於ける、又は「児を盗む話」に於ける志賀直哉氏には、何と云って得易らざる名人の手練があった。それが長い間の沈黙を破って華々しく復活するとともに、その手練の味は益々さえた。和辻氏は「佐々木の場合」を大変激賞したが私はさほど感服しなかった。それが「好人物の夫婦」を読むに到って私は全くそのうまさに酔わされてしまった。然し一度酔から醒めて見ると何かしら或る充されざる不満を感じた。（中略）然るに此不満は「和解」をよむに及んで全く跡形もなく一掃された。そして私は「和解」の前に涙ぐんで思わず襟を正さゞるを得なかった。「和解」はたしかに近頃類を見ない位「まこと」に充ちた芸術である、真実に生きる人に依ってのみ生む事の出来る尊いほんとうの芸術である。芥川君が「和解」を評して「超文学の文学」と云ったのは、全く至言であると思う。実際私は近頃この位心の根底から揺り動かされた作品を見た事はない。「和解」はたしかに大正六年に於ける文壇最高の傑作である。

「和解」等　　大正七・一　『早稲田文学』　宮島新三郎

其精神に於ては人道的気魄の高い、共技巧に於ては質実にして精練された透明さと鮮麗さとを以て再び文壇に現われて六年文壇の一特色を鮮明にした志賀直哉氏の活動も亦吾等の記憶に存して置くべきことの一つである。（以上月報3による　＊46）

大正三年四月に「児を盗む話」を「白樺」に発表してから、大正五年にいたるまでの三年間、志賀直哉はほとんど休筆状態となる。その間に結婚、父との不和が悪化した。大正六年五月「城の崎にて」を「白樺」に発表し復帰となる。志賀直哉三十四歳である。

大正六年からの批評は、丸三年間休筆していたにもかかわらず、評価の水準がいきなり数段階高まっている。休筆中に志賀直哉に対する世間の評価に革命でも起きたようである。

〈元来この作者の作品は好きであるが、特に濫作しないで意義ある作品を少しずつ発表していくのが良い〉などは、作品評を超えて、発表の仕方や姿勢にまで評価が及んでいる。

また、〈さすがに人生の機微をとらえている〉と評価されても、志賀直哉はいまだ結婚足かけ三年目の三十四歳。この評はまるで還暦を迎えた作家に対する賞賛である。〈日本の文壇に志賀氏ほど作家の風格を備えた人は少ない〉〈「正義派」「児を盗む話」などは、志賀氏の作中に在って傑出したものであるばかりでなく、日本人の生んだ芸術の中最も誇るべきものである〉ともなると、そのベタ誉めの度合が強すぎてほとんど笑止である。何を根拠にそれほど誉めたたえているのか、理解に苦しむほどになっている。

〈この作者の態度と手腕とを羨まずにはいられない〉のも〈長い間の沈黙を破って華々しく復活する〉のも作品の評を飛び越えて作者志賀直哉の在り方に批評が及んでいる。〈真実に生きる人〉や〈その精神においては人道的気魄が高く〉ともなると、いつの間にか志賀直哉は「真実に生きる人」「人道的気魄の高い」「精神」の持ち主に担ぎ上げられてしまっている。そうなると、かえって〈何の事だ、笑わせやがある!! 不和が聞いてあきれる、和解なら初鼻から出来ている〉と啖呵をきる近松秋江の方が批評が生きている。

こうして、大正九年の「小僧の神様」発表までに、志賀直哉を「小説の神様」と担ぎ上げる下準備は既に整っていたのである。

昭和二年四月、自らの死の三か月前、雑誌『改造』に芥川龍之介の「志賀直哉氏」(＊23)という小論が掲載される。そこで芥川は次のように書いた。

志賀直哉氏の作品は何よりも先にこの人生を立派に生きている作家の作品である。立派に？――この人生を立派にいきることは第一には神のように生きることであろう。志賀直哉氏も亦地上にいる神のように生きていないかも知れない。が、少くとも清潔に、（これは第二の美徳である）生きていることは確かである。

大正二年には既に、芥川の師である夏目漱石が志賀直哉の第一創作集を「作者がえらい」と評していたが、芥川は師のたすきを繋ぐかのように「この人生を立派に生きている作家」と志賀直哉を論じた。夏目漱石と芥川龍之介による人物評価。志賀直哉が「小説の神様」と呼ばれても、後押しする空気は出来上がっていたと考えるべきである。

後に柳沢通博が「一個の文学作品が作家の人格と不可分なものとして容認され、批評の方もその作品ではなくもっぱら作家の人格、あるいはその文学的姿勢の方に向けられて試行されたという確固たる事実」（昭和四七年「喪われた『花』のありか」＊47）はこの頃に成立したというべきである。

「万暦赤絵」　　昭和八・八・二三　『時事新報』　曾我八郎

「万暦赤絵」は厳密に言って所謂小説と云えるかどうかは疑問だ。私小説というよりも身辺雑記と称すべきものであろう。小説だからい、とは限らないのだ。我々は寧ろ志賀直哉の身辺雑記として、その深い生活の喜びの描写に驚嘆と微笑とをもって迎えたい。

「万暦赤絵」　　昭和八・一〇『新潮』　大森三郎

そこで今月は「中央公論」の志賀直哉の「万暦赤絵」である。中央公論としては、鬼の首でも取ったような気持だろうし、読者側にとっても近来にない掘出物である。誰しもまっさきに飛びついたろうと思うが、読みおわって果して如何の感があったか。

これが、新聞にあんなにでかでかと、まるで鳴物入りのようにして広告された小説の実体かと、怪しまざるを得ないような代物ではないか。詐偽にかかったようなものである。誇大広告は警視庁で取締るとかきいているが、物のためしにこんなのを持込んで、おかげで買わずともの雑誌を買わせられたと訴えたらどうだろう。その筋のお調べで、芸術の客観的評価がくだされるようなことにでもなったら、文芸批評の権威めっきり地に墜ちた今日此頃いいめっけものである。

編輯者としては、志賀直哉の小説を手に入れた上は、たといどんな悪文悪作と承知しても、あれくらいの広告文で提灯持をするのは理の当然であって、もしあの作品を正当に評価して、それ相応遠慮ぶかい広告でもしようものなら、早速上の方からお叱りを頂戴し、首の問題になろうもはかられぬのである。正直な商法では、今の世の中は渡れない。それにしても、いったん頼んだ原稿であれば、いかな悪作でも、でかでかと提灯持までして掲載しなければならないとは、雑誌もまたつらいかなである。

（中略）

小説を書くくらいなら、どこまでも人間くさくなくては面白くない。志賀直哉のように人間臭がなくなっては、小説はおしまいだ。骨董趣味なら随筆で結構である。

「朝昼晩」　昭和九・五　『世紀』　浅見淵

志賀氏の最近発表する作品は、どれも片々たるもの許りだという不満を耳にするが、しかし、志賀氏が沈黙しているよりは、たとえ片々たるものでも発表して貰えるほうが、我々にとっては、少くとも僕にとっては、どれだけの喜びか分らぬ。志賀氏程心情の豊かな作家は、今の日本に居らぬと思うが、僕の僻見であう（ママ）か。

（以上月報6による　＊48）

大正十年一月から「暗夜行路」前編の連載が始まり、八月に前編は完結する。後編は大正十一年一月からの連載となった。その後編は断続的掲載となり昭和三年六月を最後に、約十年間休載が続いた。結局「暗夜行路」が完成したのは昭和十二年四月である。「万暦赤絵」が発表された昭和九年頃は、「暗夜行路」後編が途中で中断していた時期であり、「小説の神様」という評価は既に世間に浸透していたと思える。

そのため、志賀直哉の作品に対する批評は〈志賀直哉の身辺雑記として、その深い生活の喜びの描写に驚嘆と微笑とをもって迎えたい〉といった安定した賞賛が定着していた。〈志賀氏ほど心情の豊かな作家は、今の日本にいないと思う〉という批評も、「小説の神様」といった肩書き抜きには考えられない。

〈志賀直哉のように人間臭がなくなっては、小説はおしまいだ。骨董趣味なら随筆で結構である〉といった大森三郎のような批評は希少なものになりはじめていたのである。

「暗夜行路」　　昭和一三・一　『早稲田文学』　三波利夫

志賀氏は、観念的な思想を必要としない。氏にとって頼り得る唯一のものは、その鋭敏な感覚である。それは実に澄明に、純粋に、冴えかえっている。（中略）

それから、伯耆大山での一節、「杉の葉の大な塊が水気を含んで、重く、下を向いて幾つも下がっている。彼はその下を行った。間からもれて来る陽が、濡れて下草の所に色々な形を作って、それが眼に眩しかった。山の臭いが、いい気持だった。」

これらの文章は、実に清純で簡潔で、いささかの濁りもなく、作者の高い気品が満ち溢れている。われわれはこれを読み、心自ら楽しくなる。（中略）

私はこの一文を草するに先立って、杉山氏、小林氏、唐木氏、谷川氏、河上氏、武者小路氏、尾崎氏などの文章を読み漁った。どの文章も、美しい思索に輝いていた。しかし私は何故か物足らなかった。言って見れば、作者は高く聳え立っている、批評家は麓で勝手な熱をあげている、そんな感じだった。私は批評家の貧しさをしみじみと感じた。私は「暗夜行路」に、完全に圧倒された。

だが私は最後にただひとつ、志賀氏への不満として書き残すことがある。それは、この作品に於ける音楽的感覚の欠如である。芭蕉の句にはそれが豊富にあった。蕪村はそれを欠いていた。その点私は、最初芭蕉を氏の引き合いに出したが、蕪村の方が適例ではなかったかと考えている。諸先輩の御教示が得られれば幸いである。

「暗夜行路」　昭和一三・一一　『月刊文章』　那須辰造

私の好みを更に一つ言わせて貰うなら、志賀氏の作品の中で私は「和解」が最も好きなのだ。あの作品を貫き流れている鋭く、激しい生活感情には多くの説明なしに打たれるのである。しかも作者は作者自身であるべき作中の自分に対しては飽くまでも冷酷である、

この作家精神の高さに打たれるのである。（中略）
志賀氏の資質的なあの眼の鋭さというものは全く無類である。

（以上月報8による　＊49）

「早春の旅」　　　昭和一六・四・一九　『都新聞』　青野季吉

志賀直哉氏の「早春の旅」（文春連載）については、第一回が載った時に簡単な感想を述べておいたが、四月で完結したので、あらためて読み直した。氏の自己の「感じ」にたいする信の、地の底から盛り上ったような不動さは、目ざましい限りだ。鋭いとか、きびしいとか云う文学でなく、猛々しい文学だ。そしてその猛々しさが、静かな暴風と云った感銘を与える。万葉の歌にそう云う感銘を与えるものがあるが、誰か志賀文学の血の源流を、万葉にさぐって見たら面白いと思う。（中略）
まるで何でもないようなこの描写が、何と勁く、息が深々としていて、実体的なことか。とても及び難い。

（以上月報6による　＊48）

〈作者は高く聳え立っている、批評家は麓で勝手な熱をあげている、そんな感じだった。私は批評家の貧しさをしみじみと感じた。私は「暗夜行路」に完全に圧倒された〉「暗夜行路」が昭和十二年四月に完成し、志賀直哉評価は頂点に達する。三波利夫の批評はそれを象徴する絶賛の祝砲である。〈志賀氏の資質的なあの眼の鋭さというものは全く無類である〉とか〈鋭いとか、きびしいとか云う文学でなく、猛々しい文学だ。そしてその猛々しさが、静かな暴風と云った感銘を与える〉といった、ほとんど絶賛の切り口の覇を競うかのような賛辞が続く。しかし、こうなってはほとんど批評の体をなしていない。まさに〈批評家は麓で勝手な熱をあげている〉だけになっている。

「灰色の月」　昭和二一・六『新日本文学』　小田切秀雄

ところが、「灰色の月」では、どうにもならぬということにこだわったり苦しんだりしている様子はない。絶望なぞというはげしい言葉はそこへは決して持ち出せない。あっさり引返してしまっていることで作品が浅く出来上っている。そんなところからは、現実においても自己においても何事もはじまらぬ。あっさりと引返すことを自らに許さぬはげしい精神のみが、自己をも現実をもふたつながら血にまみれさすことで文学を進展させる。

「灰色の月」　昭和二一・八『展望』　臼井吉見

「灰色の月」の志賀直哉は、電車のなかに餓死に近づく青年の姿をまじろぎもせず見つめている。これが「出発」になるか否かは今後の作品を待たねばならぬ。

「いたづら」　昭和二九・六・一　『東京新聞』　平林たい子

若い人々の小説があきたりなかったあとで、志賀直哉氏の「いたづら」（世界）に移る。これは同誌の四月号と六月号とに分けて掲載された中編小説である。

四月号が未完だったので、私は前半もこんどはじめてよんだ。そして、まだ海のものとも山のものともわからないかき出しから非常にたのしんだ。過不足ない言いまわし。むだな言葉は一つも挟っていないひかえ目なそして張りのある文章。小説というものは、本来その一部分の文章をよむだけでもたのしみ得るものだということを、現代の翻訳文麻痺した人々は知らないのではなかろうか。

私は、まだ筋のわからぬ行を追いながら、「これが日本語小説というものなのだ。」というくども心でつぶやかずにはいられなかった。

（以上月報6による　＊48）

戦中、志賀直哉批判の声が一時あったようである。当時は国策文学や生産文学が叫ばれており、非国策的、非生産的な志賀直哉の文学が有閑文学として不評を買うことになったらしい旨を山本健吉が「月報7」で述べている。したがって、この時期の低評価は特別考慮する必要はなさそうである。あの時代の「文学報国会」の問題は、志賀直哉批評とは次元の異なるものである。

戦後、志賀直哉の作品は次第に古典として遇されるようになったといえる。もちろん志賀直哉の書こうとする意欲は失われたわけではなく、時々は新しい小品が発表された。そして、そのつど批評があった。

「灰色の月」に対して、〈あっさり引返してしまっていることで作品が浅く出来上っている〉というような小田切秀雄の批判があるかと思えば、〈これが「出発」になるか否かは今後の作品を待たねばならぬ〉といった臼井吉見のような冷静な批評もあった。

もちろん「いたづら」に対する〈「これが日本語小説というものなのだ。」といくども心でつぶやかずにはいられなかった〉という平林たい子のような惚れ込んだ批評も相変わらず存在した。

「小説の神様」という称号は横光利一の肩にも付けられたが、昭和二十一年に小田切秀雄たちによって、文学者の戦争責任追及で責任者の一人に名指された横光は翌年逝去する。

その横光利一について志賀直哉が次のように語ったと「志賀直哉全集月報13」で桑原武夫は記している。

この読書嫌いの老大家の書斎へある日通ると、机の上に小説が十冊ばかり積み重ねてある。すべて横光利一の作品だ。

「小説の神様」はもう志賀ではなく、横光だと言われた頃のことである。『機械』の作家を評価しないことでは志賀さんと私は意見が一致していた。

「あてずっぽうで言うのはよくないから、しんぼうして大分読んでみたが、つまらん。これはやはりインチキだよ、きみ。本物ではないね。」

志賀さんの発言はいつもそうだが、確信にみちて、それだけに穏やかな調子だった。

医師から、長くは持たないと宣告された肺結核の妻とその妻を看病する夫との心理の修羅場を描いた横光利一の短編「春は馬車に乗って」（＊50）の末尾は、志賀直哉とは全く異なる文体である。

海面にはだんだん白帆が増していった。海際の白い道が日増しに賑やかになって来た。ある日、彼の所へ、知人から思わぬスイトピーの花束が岬を廻って届けられた。長らく寒風にさびれ続けた家の中に、初めて早春が匂やかに訪れて来たのである。

彼は花粉にまみれた手で花束を捧げるように持ちながら、妻の部屋へはいっていった。

「とうとう、春がやって来た。」

「まア、綺麗だわね。」と妻は言うと、頬笑みながら痩せ衰えた手を花の方へ差し出した。

「これは実に綺麗じゃないか。」

「どこから来たの。」

「この花は馬車に乗って、海の岸を真っ先きに春を撒き撒きやって来たのさ。」

妻は彼から花束を受けると両手で胸いっぱいに抱きしめた。そうして、彼女はその明るい花束の中へ蒼ざめた顔を埋めると、恍惚として眼を閉じた。


志賀直哉の目には、横光利一の文体は装飾的で「拵え物」に見えたであろう。ここでは病に冒され、臨終が手の届く距離に迫っている妻とその妻を看護する夫の情愛の葛藤が、リアリズムの平面からわずかに上昇された空間で描かれている。まさしく「拵え物」である。だが、そのことで、かえって葛藤の残酷さが洗練されることになる。美しいほど残酷なのだ。夫婦の心理の葛藤の極致を感じさせる。

そもそも、文学は言葉でつくった「拵え物」である。いかにも「拵え物」のような作品であるか、あるいは一見「拵え物」のようには見えない作品であるかの差は所詮は相対的なものでしかない。「拵え物」でないように見える作品の方が、「拵え物」とすぐにわかるような作品より上質であるということはもちろんない。読み手の嗜好に還元される程度のものである。塩味の効いたものを好むか、薄塩のものを好むかの違いであって、人によって異なるし、個人の場合でも若い頃は塩味を好んだが、年齢が進んで薄味を好むようになったということもあり得るような、そんな話でしかない。

ただ、ここで分かることが二つある。一つは志賀直哉が横光利一を認めなかった、あるいは認めようとしなかったということである。これは事実であろう。そして、もう一つ、それは、あの志賀直哉にして、自らの肩書きである「小説の神様」という称号を強く意識していたということである。

「読書嫌い」な志賀直哉が十冊も一人の作者の作品を「しんぼうして大分読んでみた」からには理由がなければならない。ふだんの志賀直哉なら、気に入らなければ途中でやめてしまうし、それで済ましてきた。十冊も「しんぼうして」読んだ作品が横光利一のものだとしたら、「小説の神様」はすでに志賀直哉ではなく、横光利一であるという周囲の声を耳にして、自分の身の上が気になってきたからである。「小説の神様」という称号をめぐっては志賀直哉本人も超然と振る舞ってはいられなかったのだ。

本人をも引き回すほどの「小説の神様」という称号。それはほとんど「時代の幻想」とでもいうべきものになっている。

一般に「時代の幻想」は、その時代に生きるすべての人間の頭の先から足元までをすっぽりと包み込んでいる。

「小説の神様」としての志賀直哉。それは実体を大きく膨らませたほとんど誇大化された幻想なのだが、その誇大幻想が「時代の幻想」になったとき、その幻想を空気のように呼吸していた人々がどのように振る舞うかは過去に例を見ることができる。

捷報いたる
真珠湾頭に米艦くつがへり
馬来沖合に英艦覆滅せり
東亜百歳の賊
ああ紅毛碧眼の賤商ら
何ぞ汝らの物欲と恫喝との逞しくして
何ぞ汝らの艨艟の他愛もなく脆弱なるや

（三好達治「捷報臻る」部分　＊7）

帝大仏文科でフランス文学を学び、ボードレールの「巴里の憂鬱」を翻訳していた三好達治に「東亜百歳の賊　ああ紅毛碧眼の賊商ら」と西洋人を罵倒する詩語を書かせたものは、「大東亜戦争」に突入したときの「時代の幻想」であった。日本国家が「総動員」して西洋列強に立ち向かうとき、三好達治の知識や学識は、庶民となんら変わることのない欧米への敵対感情を、「捷報」「覆滅」「艨艟」といった庶民には手の届かぬ難語句を駆使して、詩の形で吐露するために役に立っただけである。三好達治の理念は「時代の幻想」にさらわれ、庶民感情のお先棒をかつぐことになったのだ。ここでは三好達治は自分の頭で考えていない。むしろ「時代の幻想」に考えさせられている。

「小説の神様」という大層な称号も「時代の幻想」であった。

こうした称号は一人歩きする。同時代人で、その経緯がわかる者は事情を知っている分、冷静な判断ができるが、同時代でも距離がある者や時代が下った者は、その一人歩きする称号に、「誇大幻想」の後光を見ることになる。

これが「小説の王様」程度なら影響力もたかが知れているが、「神様」にまで奉られると、事はめんどうになる。なぜなら「神は本質的に、もっぱら宗教の対象であって哲学の対象ではなく、心情の対象であって理性の対象ではなく、心情の必要の対象であって思想の自由の対象ではない」からだ。（フォイエルバッハ「キリスト教の本質」）そして、「信ずる人は浄福であ

り、信じない人は不幸であり見捨てられており罰せられている」ことになってしまうからだ。（同　＊51）

志賀直哉の文学がわかる人間は浄福であるが、わからない人間や批判的人間は文学のミューズに見捨てられることになる。ましてや「神に対する懐疑・またはその上神が存在するということに対する懐疑は、最高の犯罪である」（同）から、志賀直哉を批判することはほとんどタブーと化す。正面から立ち向かった中村光夫のような存在はめずらしいのである。

「小説の神様」という誇大幻想は強烈なため、志賀直哉を批判するためには自分の文学的力量の総体を賭け金として差し出さなければならない。志賀直哉を批判したとき、志賀直哉の「文体の冴え」の素晴らしさを理解できていると自負する数多くの知識人たちから、自分の感性が孤立することは怖いことである。自分だけが志賀直哉の「文体の冴え」を理解できていないのではないかという不安に常にさいなまれるからだ。そして、この不安は、長いものには巻かれておくに如くはない、と人を保守的にさせる。

「志賀直哉は小説の神様である」という幻想が蔓延すれば、読み手は「小説の神様」の書いた立派な作品という先入観にもとづいて作品を鑑賞する。読み手にとって志賀直哉の作品が優れているのは読む前からすでに決まっていることなのだ。したがって、どこがどのように立派なのかということを競うように読み取ることだけが読み手の仕事になってしまう。

だからこそ、本多秋五のような専門の文芸評論家にしても、わざわざ「志賀直哉はただの小説作家と思って見るとき、ありのままの姿が見える。心を虚しうして、あらゆる予断を意識的にとり払って、実物に接して見るにかぎる」とあえて心掛けなくてはならなかった。もっとも、心掛けてもその目論見は成功していたとはいえず、「小説の神様」の幻影から本多秋五も離脱できてはいなかったのであるが。

「月報1」に「わが仮説」と題して三好行雄が書き下ろしの小論を寄せている。

> ひさしぶりに志賀直哉の初期の短篇を読みかえしてみて、やはり、生れながらの小説家とでも呼ぶよりしかたのない資質のみごとさに目を見張る思いであった。「或る朝」だとか「網走まで」だとかいう、作者自身のいわゆる〈処女作〉にあたる作品にしても同様だが、と同時に、志賀文学のトバ口にひっそりとおかれたこの二短篇についてだけは、一見、なんのへんてつもない語りくちのかもしだす不思議な魅力の性質を解くことをふくめて、もうすこしこだわってみたい気持ものこった。
>
> 「或る朝」にしても「網走まで」にしても――はるか後年に、芥川龍之介が「焚火」について指摘する言葉を借りていえば――まさしく〈「話」らしい「話」のない小説〉の典型である。（中略）

「或る朝」に措かれているのは、ほとんど即物的なあざやかさにまで客体化された感情の動きと、その感情―作者の愛用語を借りていえば〈気持〉―のうながしにのみ忠実な主人公の天邪鬼ぶりだけである。信太郎が直哉にほかならぬという常識を前提にしていえば、作者はみずからにも不可知な感情の転変を、内に下降して幽暗を照らしだしてみるというモチーフさえあらわにしてはいない。かれはただそうであったように、そうであった形を描いてみせたにすぎない。しかも、その〈表現〉のなんというみごとさ。ここでは、表現することそれ自体がほとんど〈主題〉と化している。

（引用文中の傍点は原文）

三好行雄は志賀直哉の初期短編は、いわゆる話らしい話のない小説だが、明治四十一年という規範の崩壊した無秩序な時期だからこそ、その自由の中で自分の資質を対象化する方法をいちはやく先取りできたということを「わたしの仮説」として提示している。

「話らしい話のない小説」は三好行雄によって「純粋に表現それ自体をめざした小説」と言い換えられる。そう言い換えられると、深い意味のありそうな概念に思えてくるが、これをさらに言い換えれば、〝書くことが書く本人にとって意義のある作品〟ということになる。だとしたら、そのもっとも身近なものはいわゆる「日記」である。「表現することそれ自体がほとんど〈主題〉」であり、「純粋に表現それ自体をめざした」ものの一つの極は「日記」である。

三好行雄は、「志賀直哉は小説の神様である」という一種の神学の中で、いかに志賀直哉が「生まれながらの小説家とでも呼ぶよりしかたのない資質のみごとさ」を持っていたかという誇大幻想の補強を企てたのである。

誇大幻想があるかぎり、それに積極的につかえる時代の神学者はあとを絶たない。だが、三好行雄は、皮肉なことに、志賀直哉の小説を「日常生活の日記みたいな小説」と呼んだ太宰治の言い分を、一巡した挙げ句、結果的に証明してしまった。

十六

志賀直哉の後半生は寡作である。書かない大家となっていく。

だが、書く気力が失われたかというと決してそうではない。彼は七十三歳のとき「白い線」（＊10）でこんなことを書き、批評家に一矢報いようとしている。

私自身の場合でいえば、批評家や出版屋に喜ばれるのは大概、若い頃に書いたもので、自分ではもう興味を失いつつあるようなものが多い。年寄って、自分でも幾らか潤いが出て来たように思うもの、即ち坂本君のいう裏が多少書けて来たと思うようなものは却って私が作家として枯渇して了ったように言われ、それが定評になって、みんな平気で、そんな事を書いている。私はそういう連中にはそういう事が分からないのだと思う。そして、常に言っているように批評家というものは、友達である何人かを例外として除けば、全く無用の長物だと考えるのである。そういう批評家は作家の作品に寄生して生きている。それ故、作家が批評家を無用の長物だと言ったからとて、その連中の方から作家を無用の長物とは言えない気の毒な存在なのだ。

批評家の批判がよほど応えた直後の文章であろう。志賀本人は年を取って、「幾らか潤いが出て来た」とか「裏が多少書けて来た」とか自己評価は本気なのである。まだまだ、やる気は十分なのだ。

だが、現実には寡作になっていく。書くための電位は低下していく。

これは本多秋五のいう「自我からの脱却」ができたからでも、尾崎一雄のいう「大調和を求めた境地」に達したからでもない。志賀直哉は脱却もできなかったし、境地にも達しなかった。

では、志賀直哉は脱却もせず、境地にも達せず、その代わりになにをしたのか。学習したのである。

それは精神的な深化の学習と言うより、むしろ世間知の学習というべきものであった。「白樺」同人と絶交したり、絶交を解消したりの繰り返しは、彼に激怒をもたらすこともあったろうが、他人の存在の動じがたさも教えたはずである。自分一人で生きていきたいと願っても、結局自分一人で生きていくことなどできないことを彼は学習した。志賀直哉も徹底的にわがままであるが、他者の存在もまた徹底的に強固である。彼は周囲とぶつかり合いを演じながら、自分のはりねずみの針を多少とも鈍化させざるを得ない。

周囲が彼を認知するようになったことも大きい。

小説家として名が知られるようになった。そのことを背景にして、父親との和解もできた。やがて、「小説の神様」とも「文豪」とも呼ばれるようになった。志賀直哉を慕う者たちが周辺に集まりだした。「総ての人がイヤだ」などと日記に書き付ける必要は漸減していったのである。

そして、このことは志賀直哉の創作根拠を根底から奪うものでもあった。彼が「小説の神様」と呼ばれ、文壇で一目も二目も置かれるようになり、周囲が摩擦を避けるようになれば、事前の配慮が行き届き、彼の存在の不調和が周囲と鋭角的に衝突することは減る。自分自身の山容を変形させるような火山爆発をしなくてすむようになる。マグマエネルギーは中腹からガス抜きされるからである。

志賀直哉の混沌とした内部のマグマはおそらく最後までその蠢きをやめることはなかったであろう。だが、現実生活において、周囲との摩擦は確実に減少していった。

摩擦の減少は作品を完成させるためのボルテージの低下を伴った。書く気はあっても、必要が彼を押し上げてくれなくなったのだ。

その結果、志賀直哉は書かざる大家として文壇に君臨し、ますます寡作になった。

結局、志賀直哉は自分自身の内部のマグマに気づくところまでは到達したが、それと正面から対峙したことは生涯なかった。真の敵は自分の内部にあることに気づきはしたが、正対した戦いにはならなかった。いつも微妙に問題は躱された。その象徴ともいうべきものが大山での「解放感」である。

「暗夜行路」では、最後の最後に視座は主人公を抜け出し、直子に乗り移る。そこで作品は完結するのである。主人公の視座がはせ昇った果てに完結が訪れたわけではなかった。

もし、志賀直哉が自らの内部の敵に正対し、正面で戦ったらどうであったか。主人公に「解放感」など与えず、主人公である自分に憐れみをかけることもなく今一歩戦いに踏み込んでいたらどうなっていたか。

志賀直哉は「暗夜行路」完成の二年前、昭和十年に里見弴『荊棘の冠』に、「手帖からの抜書を以って代える」との副題をつけて「序」を寄せている。（＊5）

自分自身にもう少し残酷になっていい。余り弱々しい。事に触れ、直ぐ弱り、不幸に直ぐ打挫がれる。だから、ものを書く場合、如何に打挫がれたか、そして如何に不愉快であったかという事ばかり書いて、ことの本体をはっきり掴んでいない。自分を甘やかしてばかりいるからだ。第一に自分自身に対し残酷になるべきだ。

もしこのとおりのことを志賀直哉が自らに試みていたらどうであったか。わたしたちは日本文学史上他の追随を許さぬ画期的な文学を目にすることができていたかもしれない。だが、今となっては不可能な夢だ。志賀直哉という不調和な神経の塊は、社会生活上の「名士」となっていく過程で、本格的な戦いを必要とはしなくなって行ったのである。

【注】＊引用文中の歴史的仮名づかいは現代仮名づかいに改めた。
＊漢字の旧字体は新字体に改めた。
＊引用文中の傍点は原文である。なお、引用文中のふりがなは省略した。

引用資料（引用文の＊印の番号は以下の書籍等の番号と同じ）

（1）武者小路実篤全集　第十五巻　小学館　1990年8月20日初版第1刷発行
（2）小林秀雄全作品14　新潮社　平成15（2003）年11月10日発行
（3）日本現代文學全集90　石川淳 坂口安吾集　講談社　昭和42（1967）年1月19日発行
（4）志賀直哉　上下　阿川弘之　岩波書店　1994年7月13日第1刷発行
（5）志賀直哉全集　第7巻　随筆　岩波書店　昭和49（1974）年1月18日発行
（6）新聞集成昭和編年史　昭和17年度版1　明治大正昭和新聞研究会編　新聞資料出版　平成6（1994）年5月7日刊行
（7）捷報いたる　三好達治　スタイル社　昭和17（1942）年7月20日初版発行
（8）志賀直哉全集　第2巻　小説2　岩波書店　昭和48（1973）年7月18日発行
（9）大政翼賛叢書　第三輯　生活新体制の心構え　大政翼賛会宣伝部　昭和15（1940）年12月15日発行
（10）志賀直哉全集　第4巻　小説4　岩波書店　昭和48（1973）年10月18日発行
（11）現代詩集　日本の詩歌27　中公文庫　昭和51（1976）年8月10日初版
（12）「白樺」派の文学　本多秋五　新潮文庫　昭和35（1960）年9月15日発行

⒀ 志賀直哉論　中村光夫　文藝春秋新社　昭和29（1954）年4月15日発行
⒁ 志賀直哉全集　第10巻　日記1　岩波書店　昭和48（1973）年11月19日発行
⒂ あの人に会いたい 志賀直哉　NHK映像ファイル（NHKアーカイブス）
⒃ 恐怖の季節　現代日本文学への考察　三好十郎　作品社　昭和25（1950）年3月25日発行
⒄ 討議近代詩史　鮎川信夫　吉本隆明　大岡信　思潮社　1976年8月1日発行
⒅ 志賀直哉全集　第1巻　小説1　岩波書店　昭和48（1973）年5月18日発行
⒆ 志賀直哉全集　第3巻　小説3　岩波書店　昭和48（1973）年9月18日発行
⒇ 暗夜行路　新潮文庫　平成2（1990）年3月15日発行
(21) 意味という病　柄谷行人　河出書房新社　昭和54（1979）年10月1日初版発行
(22) 志賀直哉　上下　本多秋五　岩波新書　上巻　1990年1月22日
下巻　同2月20日第1刷発行
(23) 群像日本の作家9　志賀直哉　小学館　1991年12月10日初版第1刷発行
(24) 現代日本文學大系　18巻　夏目漱石集（二）　筑摩書房
昭和45（1970）年5月15日初版第1刷発行
(25) 現代日本文學大系　34巻　志賀直哉　筑摩書房
昭和43（1968）年11月15日初版第1刷発行

(26)志賀直哉全集　第4巻付録　月報6　岩波書店　昭和48（1973）年10月18日発行
(27)日本の弓術　オイゲン・ヘリゲル　柴田治三郎（訳）　岩波文庫
1982年10月18日　第1刷発行
(28)志賀直哉全集　第14巻　対談・座談会　岩波書店　昭和49（1974）年8月28日発行
(29)太宰治全集　11　随想　筑摩書房　1999年3月25日初版第1刷発行
(30)現代日本文學大系73巻　阿部知二　丸岡明　田宮虎彦　長谷川四郎集　筑摩書房
昭和47（1972）年11月20日初版第1刷発行
(31)現代日本文學大系　17巻　夏目漱石集（一）筑摩書房
昭和43（1968）年10月25日初版第1刷発行
(32)志賀直哉全集　第8巻　随筆・雑纂　岩波書店　昭和49（1974）年6月5日発行
(33)芥川龍之介全集　第5巻　小説・随筆5　岩波書店　1977年12月22日第1刷発行
(34)現代日本文學大系　70巻　武田麟太郎　島木健作　織田作之助　檀一雄集　筑摩書房
昭和45（1970）年6月25日初版第1刷発行
(35)現代日本文學大系　92巻　現代名作集（二）　筑摩書房　昭和48年3月23日初版第1刷発行
(36)現代日本文學大系　90巻　島尾敏雄　小島信夫　安岡章太郎　吉行淳之介集　筑摩書房
昭和47年10月5日初版第1刷発行

(37) 現代日本文學大系　63巻　梶井基次郎　外村繁　中島敦集　筑摩書房
昭和45（1970）年7月15日初版第1刷発行
(38) 太宰治全集4　筑摩書房　1998年7月25日　初版第1刷発行
(39) 死霊　埴谷雄高　講談社　1976年4月22日第1刷発行
(40) こころ　夏目漱石　新潮文庫　昭和27（1952）年2月29日発行
(41) 現代日本文學大系　68巻　尾崎一雄　中山義秀集　筑摩書房
昭和44年12月20日初版第1刷発行
(42) 太宰治全集11　随想・雑纂・座談會・補遺　筑摩書房　1999年3月25日　初版第1刷発行
(43) 現代日本文學大系　48巻　瀧井孝作　網野菊　藤枝静男集　筑摩書房
昭和47年12月5日初版第1刷発行
(44) 志賀直哉全集　第11巻付録　月報8　岩波書店　昭和48（1973）年1月18日発行
(45) 志賀直哉全集　第1巻付録　月報1　岩波書店　昭和48（1973）年5月18日発行
(46) 志賀直哉全集　第2巻付録　月報3　岩波書店　昭和48（1973）年7月18日発行
(47) 日本文学研究資料叢書46　志賀直哉Ⅱ　有精堂出版　昭和53（1978）年10月10日初版発行
(48) 志賀直哉全集　第4巻付録　月報6　岩波書店　昭和48（1973）年10月18日発行
(49) 志賀直哉全集　第11巻付録　月報8　岩波書店　昭和48（1973）年12月18日発行

(50) 日本の文学 37 横光利一 中央公論社 昭和41(1966)年4月5日初版発行

(51) キリスト教の本質 下 フォイエルバッハ 船山信一(訳) 岩波文庫
昭和12(1937)年11月1日第1刷発行

著者略歴

諸井　秀文（もろい　ひでふみ）

1952年 埼玉県生まれ。
東海大学文学部日本文学科卒業。
元公立中学校教員。

志賀直哉異論

2020年5月20日　第1刷発行

著　者　諸井秀文
発行人　大杉　剛
発行所　株式会社 風詠社
〒553-0001　大阪市福島区海老江5-2-2
大拓ビル5 - 7階
Tel 06（6136）8657　https://fueisha.com/
発売元　株式会社 星雲社
（共同出版社・流通責任出版社）
〒112-0005　東京都文京区水道1-3-30
Tel 03（3868）3275
印刷・製本　シナノ印刷株式会社

ISBN978-4-434-27483-1 C0095